# 蘭齋舊事

## 與南海十三郎

江獻珠 著

萬里機構

策　劃　陳鳴華
責任編輯　黎承顯　何健莊
書籍設計　王妙玲



# 蘭齋舊事與南海十三郎

著者　江獻珠

出版　萬里機構出版有限公司
香港北角英皇道四九九號北角工業大廈二十樓
電話：2564 7511　傳真：2565 5539
電郵：info@wanlibk.com
網址：http://www.wanlibk.com
萬里機構 wanlibk.com

發行　香港聯合書刊物流有限公司
香港荃灣德士古道二二〇至二四八號荃灣工業中心十六樓
電話：2150 2100　傳真：2407 3062
電郵：info@suplogistics.com.hk

承印　美雅印刷製本有限公司
香港觀塘榮業街六號海濱工業大廈四樓A室

出版日期　二〇一四年八月第一次印刷
二〇二四年七月第三次印刷

ISBN 978-962-14-5572-7

# 紀念版序

十年來與友好聚會聊天，話題總離不開談 先母的烹調，因我們都有幸享受蘭齋美食的餘韻。

先母掌廚，精心整理食譜，不論大菜小菜，均善用食材，調和五味，恰到好處，連為菜式賦名，也別出心裁。例如「合浦珠還」，拆鮮嫩蝦肉，搓成丸子，下鍋油炸，注意火喉，務求外脆內軟，呈現鮮蝦肉色；又如「上湯鮮菇燴竹笙」，據先母忘年交楚真憶述，野竹笙預早兩天泡發，每日還隨她觀賞竹笙變化，樂趣無窮。

鼎中佳味，盡記 先母廚藝心事，色香味看似渾然天成，其實暗藏耐力與學問，亦從中彰顯她的人生理念，對人誠敬，對事認真。多年前她有文章記下兒時歲月，其後結集成《「蘭齋舊事」與南海十三郎》一書，該書初版封面意念與附錄所引用的他人剪報，為尊重版權，經多方聯絡，得作者同意，始敢定稿。

今適逢　先母辭世十周年，感謝出版社重刊此書，餘音嫋嫋，真味長存，藉以延續愛護她的讀者與親友的無盡思念。

《蘭齋舊事與南海十三郎》
初版封面

詩婉

二〇二四年六月二十三日

# 悼摯友江獻珠（代序）

窗外是滂沱夏雨，書桌前心情惆悵，落筆難，難落筆。

兩天前我和內子曉嵐到醫院探望江獻珠，她緊閉著雙眼，吃力地在呼吸，似乎在生死之間奮力掙扎，還是那麼的堅強和認真。昨天半夜收到她女兒的通知，江獻珠走了，我倆徹夜難眠，默默地為她祝願：老朋友，一路走好！

我們家與江獻珠是四十多年的交情，事緣六十年代末，江獻珠和陳天機夫婦在三藩市唐人街的一個舊書攤買了幾冊殘破的《食經》，作者是我的父親特級校對陳夢因，正如江獻珠所述，她是「回家細讀，不忍釋手」。七十年代初，一次張發奎將軍女公子所主持的中餐晚會中，江獻珠經介紹認識了家父。相識之後才發現原來陳天機是我在ＩＢＭ的同事，加上我家與他們家住得不遠，從此兩家人便經常來往。

江獻珠說父親是她心儀已久的老師，一有空便上門求教，與我們幾兄弟姐妹也十分熟稔，更跟我們一樣叫父親做「阿爸」，叫我母親做「老媽子」。

江獻珠是個執著而認真的學生，而我父親是個率性的「大天二」，批評江獻珠是絕不留面子。記得有一次，江獻珠「落足心機」準備了幾天，做了一席菜請我父母親，飯後請父親點評，誰知父親指出了幾處菜式的不足，記得其中一條是指她在同一席的不同菜式中，用了兩次青豆，父親認為這樣配材料是犯了大忌。誰知父親話未落音，卻見江獻珠眼淚湧出，哭了起來，嚇得家母慌忙打圓場。江獻珠深明嚴師出高徒的道理，之後還是堅持不斷地討教「等罵」，執弟子之禮，從未間斷，直至九七年父親去世。

三代富貴知飲食，江獻珠承傳了祖父江太史的識食，這是她與生俱來的背景，但並非她日後成功的主要因素。江獻珠勤奮好學、尋根究柢的精神，和做事力求完美的作風，使她成為近代香港粵菜食譜著作的名師，做人處世之道是年輕人學習的好榜樣。

《蘭齋舊事》不是食譜書，但這是江獻珠生前最喜歡的一本著作，書中她以細膩的文筆，娓娓道出兒時家族及太史第的故事，寫出上世紀的廣州風華韻味，隨著江獻珠的逝世，留下的是令人回味無窮的好文章。

謹以此文，向摯友江獻珠女士致敬！

陳紀臨

二〇一四年七月二十二日

# 新版序

這本小書在一九九八年四月一日第一次出版後，距今已足十五年，根據本書改編的話劇「南海十三郎」，自主角謝君豪辭演後，坊間留下一片空白。最近謝君豪重演該劇，出版社也決定再版《蘭齋舊事與南海十三郎》，請我寫新的序言。這是我寫作以來最心愛的作品，自不容推辭。

經過十五年的日子，這本書的歷程，最使我鼓舞的，是被推舉為一百本中學生課外閱讀參考書之一。今年值「聯合出版集團二十五週年紀念」，屬下每一出版社都會推出一本代表作，幸得萬里機構的肯定，選了這本小書。

十五年前讀過這本書的，今日重讀，比起十五年前，感受自不一樣。書中有兩個故事：一是天才與瘋子一線之隔的「南海十三郎」；二是說及上世紀飲食記錄的「蘭齋舊事」。過去多年，每屆農曆新年，香港一些報章都會引用這一部分來描述一世紀以來中國傳統節日的食事，所以「蘭齋舊事」又可說是傳統粵菜的保衛者，一個忠實的記錄。

對於這兩個部分，我的感覺是無分軒輊的。這些年間，知道有中學生讀後作了讀書報告，抒發了他們對天才與瘋子一線之隔的觀感，可見這也是鼓勵青年人多作思考的一本書。

現在十五年後再版這本書，而又是代表萬里機構參與聯合出版集團成立二十五週年紀念的推薦書。心中榮幸的感覺，實無以言喻，就借此地說聲謝謝了。

江獻珠

二〇一三年六月於沙田中文大學

# 目錄

## 下篇　南海十三郎傳奇

# 上篇 —— 蘭齋舊事

# 從太史第到北園

花事停聞三十年，舊家庭院夢魂牽。春風何處醉歌筵？
太史勞形歸影杳，恩師好語賴心傳。人生涕笑豈無端。
——韓中旋・調寄浣溪沙

先祖江孔殷，遜清翰林，官銜太史。辛亥革命以還，抱「不事二朝」之旨，隱居家園，以詩書飲食自娛，巍為羊城美食家首席。日治時代，三餐不繼，然未靦顏事敵。晚年家道式微，胥賴鬻字維生。解放後先祖以九十高齡與世長辭，幾位祖母及我父亦相繼離開人世。

回憶中的老家，正門座落河南同德里十號，一向為祖居，建於清末。門之上有一先祖自書「太史第」的巨大橫匾，門兩側掛朱漆灑金對聯，一雙大燈籠分別從屋檐下垂。正門引進大廳，高懸宣統皇帝御賜的「福」、「壽」匾。大廳後的神廳，是祭祀之地。除非家有婚喪喜慶，正門難得大開，平日家人，甚或中外貴賓都從另一大門（同德里十二號）出入。此部分加建於民國初年，值先祖任英美烟草公司華南總代理，太史第之經濟達於巔峰，食風鼎盛，各大酒家惟馬首是瞻之際。建築設計仿北方宅院，中設花局，局旁三邊有迴廊圍繞，兩旁次第為客廳、書廳、飯廳及先祖起居室。迴廊中央為梯台，左右分達樓上祖母的寢室及後座。全屋間格採用滿州式玻璃門窗，係由當時

對粵菜影響力達大半世紀的江孔殷太史

玻璃大王「平地黃」在北京特別定製。每一廳房主題不同，按照名人山水、花卉、花籃、扇面、古鼎及古錢等，燒成紅色、藍色、翠綠及磨砂種種式樣，為祖居一大特色。花園與住宅相連，草木青翠，高逾圍牆，園中有八角亭，亭外有蘭棚，先祖養蘭凡一百二十種，書齋名「百二蘭齋」，農場亦以「江蘭齋」為名。清末以降，江家屢遭變亂，早已失去昔日豪華，然外貌及宅內裝置，仍穩涵深邃的舊家典雅。

一九七九年我趁外子講學之便，重訪故居。港中家人，早已勸我不看也罷，徒增傷感。但我生於斯，長於斯，今番迢迢萬里而來，非一看不可。

面目全非，自是意料中事，正門濃厚的封建色彩，一掃無遺。掛匾的鐵釘及吊燈籠的鐵鍊雖在，但黑漆大門，已換上了粗木。幼緻的青磚牆，不知加掃了多少次白灰。十二號那邊，掛了個「少年宮」的字牌。應門而來的是位管理員，我一踏進門，環顧四周，心中有說不出的茫然。

花局全被夷平了。記得小時常倚着朱欄，靜候大龜雨後在假山出沒，數那不盡的金魚在缸裡游，欣賞不時更換的盆景和蘭花。最熱衷的還是夏天時偷看古井內有否農場送出來的荔枝和龍眼，浸在清涼似冰的井水中。迴廊呢？棟樑拆去了，全部被磚封得密密，似座陰森的監獄。看不見大廳了，也看不見祖父的書房和飯廳，那還有半隻滿州式門窗！甚至往日的廁所和浴室，一間間都改成了住所。

滿州窗

我拖着沉重的步子，一級一級往樓上爬，滿州門窗也是變成灰暗的磚牆。我經過自己的房間，嘿，全不像樣。

我怔怔地站在三祖母門外的走廊，那是我最喜歡蹲下來，望穿了雕欄，下窺祖父宴客的小天地。只要等待時機成熟，便立刻跑下樓去亮一亮相，自然有好吃的了。

祖父的飯廳很寬敞，中置酸枝鑲大理石八角大餐桌，桌後有一紫檀鑲楠木的烟炕。飯廳通到古玩房，有淨底翠綠山水玻璃畫的滿州窗做間格。房內三面牆壁都是別出心裁的落地紫檀古玩架，擺上了祖父最心愛的歷代珍藏。飯廳兩旁有特別寬大的太師套椅，供賓客飯前小憩。天花板四角上，吊着四時更換的宮燈。廳中懸一法式大水晶燈。每當華燈既上，而賓客未到之先，我常呆坐在太師椅上，看牆上兩面大鏡，互相交映出綿遠無盡，堂皇而又儀態萬千的燈彩。我神遊於浩瀚光海之中，心明神淨，數十年來，感覺猶新。

祖父豪爽喜客，有請無類；貴介王孫，達官顯要；中西使節；落難英雄；甚或三山五嶽人馬；無不以一登太史席上為榮。就在此飯廳，創出了風靡一時的太史蛇羹，與及很多以太史為標榜的名菜。

再往後走，廚房外宰蛇的天階堆滿了廢木。本來寬達「三面過」（相等於三個小民房的寬度）的廚房，一大半間成了廁所。層層的爐灶沒有了，只有當中一張案板，碩果僅存。

當天是我們自由活動的日子，晚上外子天機招待一班遠道而來的鄉親和在廣州的戚友。獲一位中學同學何炳垣君的幫忙，在北園定了數席，適我最長堂姊守真來訪，便相邀同行。

北園飲譽今日廣州，是旅客觀光必訪之地，素以氣氛古雅，菜餚超卓見稱。一進北園，赫然是個宅院，中有假山、小橋、亭台、流水。四周有迴廊，廊外是一個個的飯廳。那些滿州窗門的間隔，竟全是我家之物，堂姊拖着

已移至廣州「北園酒家」原江太史第的滿州窗門

我的手，在每個飯廳前停下來。我忽然想起兩句詩：「舊時王謝堂前燕，飛入尋常百姓家」。現在欣賞那些交疏結綺的人士，不是比舊時更多了麼？及行到我們定下的地方，三個飯廳打通了，廳外迴廊的漆柱，柱頂灑金的木雕檐飾，與及正中的飯廳的裝置，除了沒有水晶吊燈及大鏡外，儼然把祖父的飯廳搬到北園來。右邊客人坐立的地方，有我房間的滿州門窗。現在看來，還是挺好看的。

三十年悠長的歷史，壓縮至數小時之間。長遠的渴望與驟然的衝擊，迸發於一瞬，我無法抑止，卒放聲大哭了。誼父趕過來，像哄小孩子地說：「不要哭了，看看是誰在這裡呢？」原來是我們的國文和書法老師麥華三先生，連忙破涕見禮。老師勸道：「有甚麼好哭的，如非北園，江家遺物那會保存到現在呢？」

俱往矣！

# 江蘭齋農場

很多人都知道有江太史，但江太史曾傾家蕩產經營了一所農場則鮮為人知。江家車水馬龍的奢華日子，小孩不會刻骨銘心；而在農田中、山水間的逍遙生活，常因時令轉變，重溫兒時舊夢。以後會就記憶所及，寫些與農場有關的食事。

當年先祖父選了在廣東番禺縣的蘿崗洞開辦江蘭齋農場，親友及家人們心裡都十分詫異。我們原籍南海縣佛山鎮，位於珠江口，是廣東四大鎮之一，土地肥沃，堪稱魚米之鄉，與廣州水陸交通極其方便。而蘿崗洞遠處番禺，只有陸路交通，而且並非直達，從廣州要乘搭廣九鐵路火車先到南崗再轉乘小火車方能到蓮潭墟，才是農場的所在地。捨佛山而就蘿崗，究竟有甚麼原因？

那時的蘿崗洞，治安極差，是綠林大盜「蔥參」之地，無人願冒風險去投資在一塊如此的地方。與祖父有通家之好的李福林將軍，力勸祖父一同在香港大埔謀發展。他認為以當時英美烟草公司的生意，如日中天，祖父實應在香港多立一個據點。結果各持己見，分道揚鑣。

李家在大埔設立了康樂園，在幾次的戰亂中，康樂園是個基地，把李家人團聚在一起。今日的康樂園，獨立洋房櫛比鱗排，儼然一衛星市鎮。而江蘭齋屢經變故，早已收歸國有，湮沒無聞；家人星散，江家已不成家。是天意？抑祖父一念之差？各有前因，何需羨人！

其實蘿崗洞雖不是魚米之鄉，但是個產果區。若以蘿崗墟為中心，與南崗的距離為半徑，畫一個圓，圈內地區所產的水果，到今日仍負盛名。已經提過的有蘿崗桂味、畢村糯米和南崗栗子，要數起來還有不少。

據家人說，祖父選蘿崗，也有他的大條道理。香港屬英，只因海員大罷工我家才會暫時居港，廣州方是大本營。無端在外人的地方作長線投資，實是鞭長莫及。而且買了沒有果樹的地皮，要守很多年方有收成。還有，誰去管理？

蘿崗本來就遍植水果，只要選一個中心地點，向農民收購四周的零星小果園，一開始便有收成，慢慢再向政府購買附近未開發的土地，可按自己的計劃去拓展，不需勞師動眾，捨近就遠。至於盜賊如毛，以祖父與三山五嶽人馬的交情，大盜固然不敢染指，小賊也會聞風而斂，而且還有番禺縣政府的大力支持，治安不是問題。

江蘭齋農場就此在蘿崗洞蓮潭墟設立。我很小就知道有這麼的一個農場，是我們小孩子的度假樂園，其他的艱辛，祖父怎樣苦撐下去，則非所知了。

抗戰時期，舉家隨先祖父避難香江，生活艱苦，無力負擔農場的維持費用，果園荒棄。光復後稍事整頓又逢解放軍南下，不旋踵農場被收歸國有。先祖因地主身份被捕入獄，絕食而卒，時年九十。

往事如烟，何堪回首！人說三代富貴方知飲食，小煮婦因何吃刁了嘴，真是罄竹難書，容後再談。

## 江蘭齋農場的特產

如果大家留意一下，很多大陸生產的涼果，包紙上都會印上「廣東蘿崗」這幾個字。嗜好涼果的香港人，望文生義，便會直覺地想到話梅、雪花梅、陳皮梅、甘草霜梅等，都是由梅子醃漬而成。蘿崗一帶，梅林處處，小涼果廠就地而設，無形中成了生產與交易的重心。江蘭齋農場就擁有一個龐大的梅林。

江家人夏天結隊去農場吃霧水荔枝，新年後月夜聯袂賞梅，我們今日依然津津樂道。

梅花比桃花開得較遲，趁着寒假未了，我們又可以跟着大人到農場去。桃花俗艷，無足觀賞。梅花冷傲，一輪冷月，照出花海似雪。冷冷的風，送來花香陣陣，中人欲醉，好一個「香雪海」！

因為防盜，農場四處設立哨站。梅林旁有一幢小屋，是看更人的宿舍。祖父詩興大發時，即席在此吟哦一番。孩子們巴巴盼望鍋內的雞粥快點燒好，祖母們則閒話家常。八祖母多時會靜悄悄地提了一壺酒，溜入梅林去。她酒量甚淺，每飲必醉，醉後狂哭狂笑，至頹然倒下為止，掃盡眾人興致。

那時少不更事，只怪八祖母敗興。現在想來，萬分同情。八祖母平日不苟言笑，落落寡歡，心底的寂寞無告，惆悵鬱悶，就此哭盡笑盡。人道一入豪門深如海，面對一望無際的香雪海，誰又能無動乎中？

梅子之外還有李子，正是嘉應子的原材料。也有桃子和杏子，都遍長在蘿崗。也許由於用肥及土壤品質的關係，這些水果含糖分甚低，酸澀不堪，難以入口，主要用途為製涼果而已，價格也賤。農場雖然大量收成，入息卻有限。

另外一種涼果的主要原料就是橄欖。橄欖的種類很多，分青欖、白欖、黃欖及烏欖。有一種黑皮青肉的生欖，以茶滘（不在蘿崗）出產的最著名，據說嚼之有下痰化氣之功。橄欖漬製後的花樣可真多，有鹹欖、甘草欖、和順欖、辣椒欖，還有用大黃欖做的拆口欖等等，都在蘿崗集散。

長約四、五厘米的大烏欖皮作深紫色，成熟時滿蓋白粉，不能生吃，也不能醃漬。煮熟後欖肉變軟，剝皮蘸糖來吃，十分滋味。小孩子們總是吃得滿嘴滿面滿身都是紫色的欖醬，那時知道又要捱罵了。烏欖的用途很多。欖核曬乾開邊可挑出欖仁，是筵席菜及甜點心的配料。煮熟烏欖用線連皮在當中一拉，脱出欖肉兩半，每半放點鹽進去，用手指捺合，曬乾便是欖角了。欖核可供核雕之用，古文《核工記》所述的核船，就是雕在一顆烏欖核之上。

很可惜橄欖與梅子一般不值錢，多產亦無補大局。荔枝有大造、歉造之更替，今年豐收，明年便要白捱；農場不能單靠土產，非引進其他品種的果木不可。

先父在嶺南大學就讀時的摯友李德全世伯，在農學院專門研究外國果蔬的培植，送我們很多新果樹苗。種植得最成功的要算檀香山（夏威夷）種木瓜和呂宋種菠蘿。但兩者個頭俱小而又不普遍，推銷困難。近年我在東南亞嘗到的菠蘿，就如我家當年種植的一樣，肉脆汁甜。而香港市上現今流行的夏威夷小木瓜，五十年前江蘭齋早已生產。

密宗鐵禪禪師又送家鄉名產夏茅芒樹苗給祖父，祖父特闢一個山坡全種夏茅芒。這種芒果細小精緻，只有豬腰芒一半的大小，綠色的皮上有一塊紅斑，悅目可愛。因為皮也可食而帶杧楓味，又稱仁楓芒，果肉香甜，就算當時十分名貴的呂宋芒也望塵莫及。

夏茅芒的產量有限，有些不帶紅斑，算是次品，留作家用或送禮。精品則盛以錦盒，委托大新公司代售，稍為彌補農場支出。

蘿崗洞還有一種名產，就是柳橙。江蘭齋當然大量種植，但不如意事隨之而來，結果祖父接納了三祖母的建議，設立江蘭齋蜂場，採橙花釀蜜糖，這是後話了。

## 橙花蜂蜜

每逢歲晚，香港水果攤檔多時有蘿崗柳橙供應。在碩大的金山橙堆中，這種相貌不揚的內地貨，很難引人注意。

其實蘿崗柳橙與新會柳橙的外形頗為相像，同是個子小，皮有柳紋，橙的底部有個圓圈。兩者都是肉爽味清甜而多核，但蘿崗柳橙的汁較多，比新會柳橙更勝一籌。

江蘭齋農場既然位在蘿崗，自不能缺少一個橙園，以佔地利。農場建立之始，不時向當地的鄉民購買了一部分已有收成的橙田，之後便自行擴展，開發農地種植橙樹。

順理成章，在一個素負盛譽的地方種植它的名產，斷不會出錯，只要把橙苗捱大，好日子自然到來。殊不知長出來的果實，個個是半面美人，都帶上一個銀元大的黑痣。雖然橙肉是蘿崗柳橙的水準，但那塊黑痣卻掃盡江蘭齋的面子，致令大量的收成極難出手，就算降價求售，亦無人問津。

為了農場，祖父早就送了五伯父超植去日本學農科，他對此亦苦無對策。有友好勸祖父試養蜜蜂，希望把蘿崗當地優良的柳橙遺傳因子，由花粉傳給我們的問題橙花，好結出正常的果實。但這只是一個臆測，並非研究結果。蜜蜂是養了，橙子仍是半面西施。換了施肥方法，也不見有改良，正是泥足深陷，進退維艱。

又是友好向祖父建議，橙樹既然種了，蜂也養了，何不順水推舟，擴大養蜂的規模去釀蜜，也算有副產品彌補損失。江蘭齋由此多了一個蜂場。

養蜂流動性很大，不能固定在某一地點，要隨季節四處搬動，供給蜜蜂不同的食糧。雖然農場的果樹品類繁多，為了要蜜蜂在某一個時期只採某一種的花粉去釀製某一種香味的蜜糖，蘭齋蜂場只有一個固定的管理中心而蜜

有多塊巢礎的蜂箱

蜂箱則不停調動。

我三祖母雖身出青樓，但薄知詩書，人甚聰慧，農、蜂二場的決策，全由她一人製訂。為了集中管理，連太史第的幽雅花園，也闢出一部分建成工場，自做巢礎和提煉蜜糖，祖父言聽計從，絕不干預。

三祖母特地從上海聘請了一位養蜂專家唐先生，長駐江家來訓練蜂場的管理員。記得讀幼稚園時我便時常見到唐先生，他人十分高大，說的是不鹹不淡的廣東話，但平易近人。我們孫輩放學後便跑去蜂場圍着唐先生趁熱鬧，漸漸也能幫點小忙。

印象中蜂場的生產程序是先做巢礎，一格格放在蜂箱內，這就是蜜蜂的家。採得百花釀成蜜，巢礎填滿了，蜂兒便要有新的家，新的巢礎於是不停地補給。把用完的巢礎放在離心機內，搖出來的便是原蜜糖。原蜜糖要加熱消毒，過濾後裝瓶，加水松蓋，用蠟封口，再加金屬蓋，貼上招紙，加工步驟算是完成，以後就是推銷了。

小孩子能幫甚麼忙呢？巢礎是蠟做的，蜂場內有兩口大鑊，一隻用以煮蜜糖，一隻煮蠟。一塊塊的黃蠟放下鑊內煮熔，把一個格子放下蠟內一拖，兩面都沾上了蠟，放在冷水內浸涼，便有兩塊蠟片脫出。小孩子們七手八腳地趕快把蠟片用毛巾拭乾，一片片放進滾筒內壓平，再放進另一個滾筒內壓出六角形花紋，再拭乾一次，裝在盒子內，每蠟片間用一張蠟紙隔開，我們的任務到此完成。

以後怎樣把巢礎嵌進木格內，是唐先生和他助手的事。巢礎要放進蜂箱內的，是個有四隻腳的木箱，前面有個開口，蜂蜜從此出進。巢礎上每個六角形住着一隻蜜蜂，蜂蜜依着六角形建做一個立體的巢。每箱蜂巢都有一隻蜂后，其他的全是她的後代——勞苦功高的工蜂。

我對蜂蜜的生態沒有深入的研究，牠們出去採蜜後曉得覓路回家實是費解。但我對搬蜂這回事還算有點印象，知道甚麼果樹開花，便要把蜂箱搬到那裡。利用橙花，本是開設蜂場的目的。後來卻發覺到密集的荔枝樹，開出簇簇的花也是蜜糖的來源。到了蜂場的全盛時期，江蘭齋生產四種蜂蜜：分別為橙花蜂蜜、荔枝蜂蜜、龍眼蜂蜜及百花蜂蜜。

蘭齋的橙花蜜最純。數以百計的蜂箱，分置在橙圈內，蜜蜂採的只有一種橙花，所以蜜糖的質素十分純淨，絕不混入其他的味道。橙花一開完，又要搬到別的地方去。

江蘭齋種的荔枝品種甚多，從最早的三月紅到最遲的糯米糍，開花的期間拖得頗長。蜜蜂採罷自家不同的荔枝花，有時還會被搬去畢村，那兒種的全是糯米糍，蜜蜂可以好好享用一番。

農場只散植龍眼，但李福林將軍在廣州市郊的大塘有個厚德園，專種石峽龍眼。以兩家深厚的交誼，我們情商把一部分蜜蜂放置在厚德園內，所以生產的龍眼蜜糖也能維持純度。

上面所講三種特有香味的蜜糖，因為可以把蜜蜂局限在一定的範圍內，採取單一種的花粉，故此可以分清種類而不會混淆。但有時這幾種果花開完後，蜜蜂會四出覓食，採了那一種花粉，無由分辨。這個時候釀的蜜糖，統稱之為百花蜂蜜，屬最次等。

到所有果樹的花開完，農場便要特地為蜜蜂種菜長花——多是芥菜。芥菜花多而且菜籽很能賣錢，算是一石二鳥。

江蘭齋蜂蜜以橙花蜂蜜的品質最佳，也最暢銷。那個時代廣告尚未如今日之大行其道，而且蜜糖的產量有限，所以全交給大新公司獨家經營。到後來有了四省商品展覽會，我們的蜜糖得了好幾個獎，商譽由此奠定。橙花蜂蜜有一股清香，是它的特點。荔枝蜜味道較濃而顏色渾濁，龍眼蜜比荔枝蜜清甜，惜產量不多。百花蜜最普通，現時市上出售的多是此類。

很不幸中日戰事爆發，我們舉家逃難香港，浮財盡去，無力維持蜂場與農場，只在家族史上留下寶貴的一頁。

美國加省是產橙區，但美國橙農與蜂農各自為政，種橙的不養蜂。農莊所售的蜜糖並不以花味分類而加入香料諸如丁香、玉桂等。少了蜂蜜自然的香味，令我更懷念家中的橙花香蜜了。

## 荔枝時節話蘿崗

先祖父養蘭凡一百二十種，書齋及農場均以蘭齋為名。江蘭齋農場，設於廣東番禺縣境內。從廣州乘廣九鐵路火車到南崗站，轉乘小火車便可抵達蘿崗墟。農場位在小火車右邊沿線上，從蓮潭墟一直伸展到黃竹坑。由黃竹坑一過小河，就是畢村；黃竹坑再下，便是蘿崗洞了。若提荔枝，一定要數畢村的糯米糍及蘿崗洞桂味。

江蘭齋農場擁有一個面積甚廣、規模宏大的荔枝園，佔盡地利不用說了，加上先祖不惜工本的種植及施肥方法，不用便宜的豆肥而用獸肥，長出來的荔枝還勝畢村及蘿崗的名產。

每年五月初，農場便開始每天派巡城馬送荔枝進城。最先是三月紅，繼而是黑葉及槐枝。這些俱屬次品，不過是序曲，向家人報個訊。到蟬鳴樹

荔枝是蘭齋農場的名產

梢，纔算是旺季。荔枝是即採即送，一抵廣州家門，便整籮吊入花園內的兩口大古井去浸涼。到孩子們放學回家，便可以大快朵頤了。

江蘭齋的桂味，個子比蘿崗的要大，外皮綠中帶紅，紅中又有綠。外殼易剝，果肉晶瑩通透，啖來陣陣幽香、清甜爽脆。而果核小得似粒赤豆，正是「啜核」荔枝的特色。

糯米糍比桂味成熟較遲。時屆暑期，小孩們都隨長輩去農場度假，等待一年一度賞「露水荔枝」的盛事。

如此賞荔，的是「私家款」得很。畢村名種糯米糍，被悉心種植在蘭齋的荔園中，佳種中之最佳種也。糯米糍比桂味甜而汁多，香味特濃，但肉質較鬆，一經陽光，糖分稍為變酸，口感的享受大打折扣。先祖認為只有經過夜晚的溫涼，糯米糍方能顯出其香、甜、鮮、脆的最佳狀態。而在晨光熹微下自採自啖沾滿了露水的糯米糍，確是一絕。

最煞風景是黎明時分，光線不足，正在採一個啖一個津津有味之際，不慎誤觸樹上一種紅色的甲蟲，其臭無比，不獨破壞了啖荔的興致，而且臭味留在手上，歷久不散。

先祖又從增城的掛綠老樹，折枝接駁到幾棵桂味樹，結出了果，每年都有收穫，但產量不多。起初是自用及送禮，後來鑒於農場經費龐大，支持不易，於是經過精挑細選，用玻璃錦盒分四個裝及八個裝盛起，委托大新公司代售，銷路奇佳。

掛綠荔枝紅綠相參，當中有一條綠線經荔枝蒂圍繞果身，故有掛綠之稱。所以與別不同，在其兼有桂味之清爽、糯米糍之香甜，而肉質特別脆口，是荔枝中的極品。經挑選下來的次貨，便是小孩子們的恩物了。

農場還種植了一些異種荔枝如妃子笑、亞娘鞋等，數不清亦記不起了。印象最深的是亞娘鞋，身略扁而帶心形，恰似一隻纏足小腳的紅鞋，顏色及樣子都十分可愛，不過核很大也不夠甜。荔園中還有一棵接駁了八種不同的荔枝樹，每種佔一椏，分別為三月紅、槐枝、黑葉、亞娘鞋、妃子笑、桂味、糯米糍及掛綠。接駁後的荔枝，質素都略遜母樹，但因成熟時期各各不同，是上佳的展覽品，為荔枝園增添不少光彩，也是遊園客人的好話題。

# 從荔枝菌說起

從先祖計起，江家第二代有十七人，我等第三代只得三十一，子孫不算繁衍，而目前居港僅六人。大家決定在十一祖母家與兄嫂相聚。

我一共有十二個祖母，碩果僅存八十四高齡的十一祖母（已於一九九三年去世），依十七姑姐税居廉租屋，健康尚佳，記憶清晰，説話有條不紊，唇紅齒白，殊不覺老態龍鍾。圍住這位可愛的老人家，看她笑眯了眼睛的，我們真的衷心感謝上天的恩賜。

家兄繩祖，係航天工程師，近十年從事特種飛機材料設計，屬美國高度國防秘密，不准出入共產國家。他今年初退休，如獲大赦，立刻參加了為期三十多天的中國遊，最後一站經港返美。

一別數十年，聚舊時少不免大談兒時往事。問及甚麼是江太史第最好吃的，大家異口同聲大喊：「荔枝菌！」

上面說了江蘭齋農場的荔枝。若按時序，應先提荔枝菌。

荔枝樹每年必定要施肥，方法是在樹之四周挖幾個洞，把獸肥倒下去，再把泥土覆上。很奇怪，就在這些肥土上，經過了春雨的滋潤，受了陽光的溫暖，會冒出一堆堆的野菌。採菌要及時，不能等它長高，要往泥土下面挖，所以菌底往往沾滿了泥土。為了要掌握時間，村中的女孩子都被僱來幫忙挖菌。

清早採了菌，中午後方能送到廣州。一抵達，家中頓時忙亂起來，上下動員去清刮荔枝菌。荔枝菌若不及時處理，菌傘很快張開。若傘底的顏色由粉紅變黑，便不能吃了。

經過運送，擱了半天尚是緊合的荔枝菌只佔很少數，宜放湯，宜快炒，既嫩滑又清甜，統統留給祖父奉客。菌柄長高了而菌傘又張開的，便用大火炸香，連炸油一瓶瓶儲存起來，好讓茹素的祖母們用來送粥或下飯。炸香了的菌，味道頗濃，質感非常特別，軟中帶韌。菌油有幽香，拌麵是一絕。

小孩子們便沒有那麼好口福，幫忙刮菌則有份，若分得多少去下飯，就心滿意足了。

倒是香港淪陷後，舉家遷返廣州，三餐不繼，只好移口就糧，年輕的一輩都回農場去。因為無力僱用耕夫，農田大半荒置，我們只有餐粥餐飯糊口。記得那年一眾兄弟姊妹們見了荔枝菌便挖，就地清理好拿回家去煮粥，清甜無比，至今人人不忘。

美食的定義並非絕對。在江家，微不足道的野生荔枝菌，是家饌，足與珍饈百味等量齊觀。難得的是，市上罕有出售而我家卻因種植荔枝，每年有啖荔枝菌的盛事，也可算只此一家了。

小時吃的荔枝菌，長大後一直想知道究竟是甚麼菌？學名為何？遍查菌類參考書藉，並無荔枝菌的記載。按圖索驥，最接近者為糞鬼傘菌（*Corpinus sterquilinus*），很可惜無法證實。

註釋

1 （編按）根據《中國食品大全》記載，荔枝菌的學名叫雞樅菌，因其有類似雞肉的香味而得名。它的色澤潔白，肉質細嫩，口感清香，味道鮮甜，是著名的野生食用菌，被譽為「菌中之花」。

形狀最似荔枝菌的糞鬼傘菌

# 口味的培養

在美國教烹飪時，中國學生常會問我燒飯的本事，是否得自家傳？

答案當然是個「不」字。

我祖父雖是個顯赫一時的名食家，但根本不懂燒飯，況且他食事最燦爛的時代我年紀尚小，祖孫二人沒有溝通，從何傳起？若有之，就是祖父無意地為我們製造一個美食環境，讓我們有較一般孩子更廣泛的飲食接觸面，因而很早便能知味，大來便能辨味了。

「很早」這一點是非常重要的。理論有如是說：對於味的感覺，人人生來大致相若，不似庸愚、才智、決定於因子的遺傳。人有味覺皆因有味蕾，而味蕾係由一些填充舌頭表面的小孔洞的細胞叢所組成，呈突起乳頭狀。味蕾的功能及形狀因分布在舌頭的位置不同而有別，各司其職，分主鹹、甜、酸、苦四種不同的味覺。

人體的味蕾，約有九千個。除舌頭外，口唇、舌底、上顎及兩頰內部的口腔，都有味蕾。非常有趣的是，胎兒及幼童的味蕾比成年人要多，口腔的後部、舌底及兩頰內部的味蕾在早年時特別發達，但會跟着年紀而改變。

人到了四十五歲以後，味蕾的新陳代謝便慢下來。因為這個道理，美國的心理學家建議父母們，要及早鍛煉孩子們的味覺。

一般父母會有錯誤的見解，以為兒童應該食口味比較簡單的食物，而往往為他們另行準備。結果是美國的兒童多半偏食。上了學以後，又趁着小同學一起，只吃大家都吃的食物，口味變得十分狹隘，不肯嘗新。小時偏食，到大時便擇食了。

接納不同口味食物的能力，並非遺傳。儘管生於飲食世家，不見得你身體內便會充滿美食細胞。而對美食的鑒賞，全視乎一個人後天所受到的薰陶，尤其在童年時父母所安排的飲食模式，或多或少決定某人日後的口味。

有幸在一個大家庭中成長，兄弟姊妹眾多，長輩亦多。日常三餐都在和樂氣氛下進食．小孩與大人（祖父例外）用同一的飯菜。雖是同桌共食，小孩的菜是由大人分發，人各一碟，每味都有一點點。那時家規甚嚴，小孩一定要「有衣食」（即不許暴殄天物），分到甚麼便要吃光甚麼。稍為揀擇，單看乳娘們的臉色已夠受，要勞煩祖母們親自施教那就茲事體大了。所以我們自小習慣了不揀食而且食得好，自然而然，口味日廣。

祖父抽鴉片，直到厲行新生活運動時方戒掉，起居方式與家人不同。下午三時起床，晚上八時中飯，晚飯等同消夜，要在淩晨以後。祖父精研飲食，雖非餐餐珍饈百味，但上得他餐桌的都是細緻的食品。祖父當了英美烟草公司南中國總代理有年，與洋人素有交往，對西菜有一定喜愛。除大廚子外，家中還有西廚子、點心廚子，幾位茹素的祖母又有一個專用的齋廚娘，家中好吃的東西真多。

我的親祖母是祖父的第三妾侍。十二個祖母之中以她的權力最大。我自幼受她溺愛，有時很沒分寸，一定要吃祖父的消夜飯。祖母千依百順，等到周末翌日不用上課，便會着婢女喚我半夜起床。就在睡眼矇矓中不知嘗盡了多少美味。

祖父交遊廣闊。每逢時節朋友多方餽贈，各地名產源源而來，中西兼備。加上蘭齋農場終年有生產，供應的都是揀手的新鮮果蔬，我們的口味，日加錯綜複雜。

三十年代我有個美好的童年，吃得最開心。四十年代兵荒馬亂，三餐不繼。五十年代在香港飽嘗謀一口飯的滋味。到了六十年代去了美國深造方始學燒飯，沒有師傅指導亦沒有好食譜，就只憑一點先入為主的口味記憶，替自己做的菜下判斷而漸入佳境，卒於捨棄我所學而入了燒飯這一行。

作者先祖母布白女士及先祖父江孔殷太史

烹調這回事，味道為先，質感為次。不論古今的人把味道及質感分得如何精細，到頭來終極的目的還是要求和味。味道不調和，口感不適意，其他的全不重要了。去調和味道，「知味」仍須先行，要憑經驗與素養。

我不易接納不着實際的花巧菜式，那些一擲萬金的奢食更不在乎。廿年來隨外子四處講學，接觸了很多不同層面、不同民族的食製，口味的範圍擴大了，漸能治中西烹調方法於一爐，自得其樂。如果小時未有飽嘗美食的培養，紮好了根，今日便難虛心接受新口味的挑戰了。

## 餽贈

禮尚往來。平素喜客的祖父，可說緣結四方。蛇季被邀請過的，年中相繼酬答，客人深知廣州的大酒家尚且要步江家後塵，要還這份人情，談何容易，非別出心裁不可。

祖父嗜榴槤。數十年前只有海運，榴槤從南洋運到香港，再轉運廣州，頗費周折，故市上鮮有出售。諳祖父習性的，莫不趁此時機飭專人往港採購送來。我自小怕榴槤，放學回家一聞到那氣味，便掩鼻而走，至今仍然未肯嘗一口榴槤。季節一過，又有人送來榴槤乾，樣子十足乾貓糞，更不敢問津了。

聽說抽大烟的人五臟六腑都積滿烟油，而鱭魚子有清烟油的功用。廣州不產鱭魚，而交通絕不像今日方便，要找上好的鱭魚子，實非易事，識趣的自會千方百計覓來相送，知道一定合祖父的心意。我有時被召替祖父搥骨（小孩子的手特別柔軟也），見到打烟的祖母把切得紙薄的魚子片，貼在烟燈上，慢慢焙香給祖父吃。魚子脂肪重，燒起來有魚油的腥味，加上鴉片烟的香，混成那種怪異的氣味，畢生難忘，不怕纔怪！活到今天，對榴槤和鱭魚子，皆無興致。

祖父烟床下總有一罐罐的福建肉絲，由一位世伯經常送來的。捶骨有得賞，祖母會給我一掬的肉絲，我連忙溜出烟房，不必再聞那中人欲醉的烟味，找個清靜地方，坐下來獨自品嘗。婢女小紅，十分饞嘴，一次趁祖父尚未起床，潛入烟房，因為不識字，錯偷了供水烟的綿烟，黑暗中不分皂白，當是肉絲吞下去，辣得她眼水鼻涕齊流，狼狽萬分。

這世伯是誰，一時難以記起，料他必是福建人。除肉絲外，他還常送廈門天頂抽油，據說是醬油中之極品，用來撈麵及蘸煲湯豬肉，鮮味無窮。大廚子燒菜是否用天頂抽調味，則不得而知了。祖父午後起來，要吃有味粥，天頂抽顏色太深，味太濃，和有味粥不相配，故用美極醬油。

說來話長。六十多年前美極醬油已在香港有售，是瑞士產品，運費不菲，價亦昂貴，只大辦館及大公司的食品部方有得賣。那一年海員大罷工，祖父舉家遷港。值英美烟草公司的代理生意正興隆，家境寬裕，貴重的舶來食品成了家常，美極醬油不過其中一種而已。我出世後時局漸趨穩定，便舉家搬回廣州，美極醬油則要人老遠從香港帶來相贈，故此變得罕有了。時移世易，曾幾何時，美極醬油今日已是人人買得起，而且味道也新不如舊。

我家還常用一種調味料叫做「碌霖」的，其實就是魚露。現時魚露也不稀奇，數塊錢一瓶，價格與一般醬油相差無幾。但在我小時，家中的魚露來自「安南」，是盛在瓦盅內的，其中還有一隻隻的鹹蜆。我家用魚露的方法十分特別，是炮製太公豬肉的獨步單方。

祖父原籍南海佛山，每年祭祖，祠堂例必分派太公豬肉。這種豬肉是在祠堂外的大地堂，架起大鑊淥熟，切成小塊，用粗鹽醃好放入有耳瓦茶煲內，每一煲算是一份。祖父有功名，單是他名下就派得幾十份。伯叔和父親有學位，等於有摩登功名，每人也有幾份。其他每一男丁都有一份，所以我家的太公豬肉，堆積如山，不知如何打發。因為下了重鹽使免變壞，太公豬肉必定先要把鹽洗淨，用冷水泡去鹽味，再用開水沖透。但一下子怎能吃光這許多太公豬肉？所以便把一部分重行加工。方法是把魚露及冰糖加水同煮，倒在沖淡了的熟豬肉上，浸它一兩天，肥肉便變得脆，瘦肉則爽，正好下飯。如果沒有來自遠方的魚露，太公豬肉定然失色，無人光顧。

有位綠林世伯，擁有蠔塘。春天是生蠔最肥美的季節，世伯每年必送這麼的一個特禮：兩個伙計抬一籮籮帶殼的生蠔到我家，而且留下來專司開蠔之責。這是江家自上元節後首次的家庭聚餐，各房的人全回到太史第，分據圓桌而坐，桌中置黃銅火鍋，下燒火酒燈，生蠔即開即下鍋，邊淥邊食，直至供應完畢為止。熟了的蠔可蘸原塘蠔油或薑葱鹽油，並不設其他醬料。如要食飯的，桌上有豬油一碗，可用來與蠔油一起撈白飯。豬油甘香，蠔油鮮美，以原味的白灼生蠔下飯，這種滋味，實不足為讀者告。今日的蠔油，質素之劣，不提也罷。

以上所說的，只是幾種微不足道的舊日食物，無端卻勾起一份悵惘。新的一代十分幸福，無舊可懷，唏噓自少。每天從世界各地，海、陸、空運來香港的食貨應有盡有。既來之則享之，不必比較，更不必因新舊有別而牢騷滿腹，口味豈不簡單多了。

## 太史第女廚

一些朋友覺得很奇怪，怎麼我會肯把家事寫在這種飲食文章內，而這些家事，殊不光采，一般人便不會那麼坦率。

我反而認為既然寫的是一個飲食世家的食事，家事內怎能沒有食事，而食事又怎能與家事沒有牽連。所以每次提筆，一飲一食都與家事有關，雖不敢說這一欄是江太史第的飲食回憶錄，事實上相去亦不遠矣。

太史第的名廚，有甚麼本事，坦白說，真的不知道。能永留我們心中的，就只有「六婆」巧手妙製的小食。

「六婆」何許人？江太史第的特一級女廚子是也。

當然六婆這個「特一級」的名銜，是我在此追加的。六婆之所以獨特，因為她在非常獨特的情形下入江家，佔了一個特殊的地位。

我祖父的風流韻事，用今天的字眼去描述，可說醜聞多多。在八、九十年前，一個有財有勢的才子，製造了醜聞，沒有傳媒去宣揚，自然掩得周密。但在江家內，人人心知肚明。聽家人說民國初年廣州市一份小報，便有一段連載小說以「春深太史第」為名，存心影射。

有這麼的一個故事。

我大伯父為祖父的原配所出，生性純厚怯懦，溫文儒雅而無大志，偶入青樓，邂逅一名妓，海誓山盟，共期白首。殊不知名妓實為老父之相好，左右逢源，大伯父混然不知也。事為祖父發覺，勃然大怒，當眾杖以家法。大伯父羞愧交加，更傷飽受名妓之騙，無法自解，遂吞烟自盡。

祖父早已為大伯父定親，且迎娶有日。大伯父一死，這頭親事如何是好？舊時女子未過門而未婚夫死，俗例認為不祥，無人肯娶。在舊禮教長大的這位江家未來媳婦，便含着滿肚的委屈及傷痛，默默地到江家「守清」，從一而終。跟着大伯娘入門的，就是近身女傭「六婆」。

祖父當然無意逼死大伯父。在大伯娘自願犧牲之下，祖父的內疚，不言而喻。祖父對大伯娘，敬愛有加，視如己出，伯叔姑姐無不尊之為最長，恒以「大姊」稱之。

大伯娘入江家時只得十七歲，祖父禮聘李鳳公到府教大伯娘習丹青，又請一池姓老師教古文，與眾姑姐及幾位祖母一同學習。我母親是大伯娘的侄女，時常到江家探訪，結果與我父親自由戀愛而結合。我和哥哥便要稱大伯娘為「大伯娘姑婆」了。

六婆是大伯娘的近身，因此在眾婢僕中處於超然的地位，家人都因尊敬大伯娘而對六婆另眼相看。孩子們尤其喜歡六婆。

六婆本來是服侍大伯娘身邊的，但因為江家每個姨太太都有一個近身和一個小婢，大伯娘得到同等待遇，也不例外。所以六婆的瑣務有婢女打點，閒來無事，便會為祖母們弄些小食。起初只是限於做點齋粢蹄、齋鴨腎和甘草豆一類的零食，給祖母們放在自己居停內作口果。後來大家都知道六婆果然有本領，很多大廚們不肯做的小炊事，都交給六婆了。

大廚師的美味佳餚，小孩子鮮有機會登上「大檯」享用。但六婆親手烹製的，我們吃得津津有味，印象殊深，從早餐到消夜，總有機會嘗到六婆的好功夫。

江家人眾，飲食分「大棚」及「私家」兩種。平常飯餐，亦有上、中、下三桌之分。早餐由廚房的老家人光哥三更便起床，煮備一大鍋白粥，算是公家供給的。上學的小孩吃甚麼送粥，各房自理，到了星期天，公家有味粥供應。煮味粥或淥粥的差事，便落在六婆的身上了。

我們最喜歡吃六婆的大豆芽菜豬紅粥。光哥把米下鍋後，天還未亮便跑到河南尾的屠場去買仍然暖的豬紅回來。六婆先把大豆芽爆香，放在粥裡煮透，豬紅則拖水切方塊放入粥內，加點調味料和葱花，撒上新鮮的油條片，十分好味道。有時六婆會用綠豆芽炒齋粉或麵，也很好吃。至於淥粥，先一晚下條子交買手準備作料，六婆也會一一照淥，不過這是屬大人們的，小孩子便沒有這種權利。

放學回家，往往六婆會為我們煮甜糊。她的花樣真多，最拿手是杏仁糊。我喜歡看她坐在小凳子上，細心地把米放進小石磨內，再加些杏仁進去，慢慢磨呀磨的，米漿會從石磨的槽口流到瓦盤內，要用布袋隔過米漿纔夠幼滑。此外，六婆也會做花生糊和芝麻糊，合桃糊則偶一為之。

豆沙和豆粥也是六婆的首本。蓮子百合紅豆沙綿滑香甜，臭草綠豆沙是特別為長青春痘的男孩子而設。有時又會有眉豆粥、三色豆粥、去濕粥等等，吃過小食大家自然心安理得做功課去。

六婆不只管小食，也管時節食品。五月節她裹一家人的粽子。祖父的鹼水粽要特別軟，只有六婆纔會做，裹得鬆鬆的，搖起來有聲·煮它幾個鐘頭，粽子變了糯米糊，拆去粽葉還要沾上雞蛋去煎。六婆是家中唯一會煎這種怪粽的大師。換了別人，祖父總是不滿意。

乞巧節前後，柚子還未長足肉，皮青而厚，最宜入饌。六婆的柚皮分三等級。祖父的最考究，用珧柱和雞熬好湯，再加雞油蝦子同炆，看來只得柚皮，其實落足材料，絕不簡單。祖母們的柚皮用魚露，大地魚和雞油去煮。「大棚」粗吃的，用豬油連豬油渣及生抽就是了。柚子是農場種的，這樣方能控制採摘的時間。柚皮外層苦而澀，要用薑磨刨去，出水後浸在大木盤內，不時換水，還要把苦味全擠去方能用。這些麻煩工作，是屬於婢女們的，六婆則在旁監督，務要苦味去盡纔烹製。

中秋節晚餐例要有芋頭炆鴨。紅芽芋艿八月上旬便從農場送來，只挑細小勻淨的。六婆會打發婢女們刮芋皮，洗淨後放在太陽下稍曬，再在陰處風乾。那一天刮芋，要計算得準確，晾得太乾或不夠乾都不合格。芋艿一定要烟韌纔好吃，用麵豉與鴨同炆，和味之極，現在想來也會垂涎欲滴。至於午間吃的煲熟長柄小檳榔芋，則只需洗淨連皮晾乾，這樣吃起來舌頭不會發癢。

春節是六婆大顯身手的時候。周末她又會為我們做消夜，也常常做很別緻的素菜，我們口福真不淺。

# 太史第歲晚舊事

冬節一過，蛇季便算結束，家人又要準備過年。

農曆十二月十六是尾禡，廿三是謝灶。尾禡與謝灶間要擇日掃屋。掃屋事大，動員全家男女僕役，分頭進行。

本世紀初在廣州河南，除了伍家祠和潘家祠，江太史第算是大宅，佔同德里、龍溪首約、同德橫街及同德新街四條街位。平日雖然有人專職打掃，一年一次的大掃除，隆重不過。內房由祖母們的近身婢僕自行料理，公家的地方仍得分日清潔。祖父的書房只有侍墨和侍烟的男僕方曉得怎樣掃書塵、拭古玩、換烟具。小孩子不許四處亂跑，免得踏髒洗刷潔淨的白磚地。我最喜歡看老家僕把吊燈的水晶柱一條條解下來，洗淨了又掛回去。吊燈一亮，祖父的飯廳霎時大放光明。

太史第的正門一開，頭進是門房，二進是大廳，三進才是神廳。每一進都由朱漆門分隔，每隻門上半部雕通了花，灑上金箔，要逐隻拆下來小心洗刷。神樓在神廳末端，其實是一個巨型的神龕，所有祖先的靈位都供奉在那裡，「敬如在」三個大字一進門便可望到。神樓高建在儲物室之上，四面鑲了漆金木雕，清洗一點不易。

掃好屋之後已是謝灶時候。謝灶日因身份而有官三（十二月廿三日）、民四、蜑家五之分。在江家，謝灶只是例行公事，無足輕重。傳說主廚房的灶君大老爺，每年只洗澡一次，之後便會上天向玉皇大帝述職。謝灶的供品十分簡單，多是糖類如片糖、冰糖、甘蔗，尤其麥芽糖，目的是去封住灶君的口，免他向玉帝説這一家的壞話。其實此舉並不高明，灶君豈不是連好話也有口難言了？

謝完灶便得趕快準備食物過年，一切要在除夕前一兩天做好。開油鑊炸油角、煎堆還要擇日。江家人眾，各房不自行開油鑊而由公家集中製造分派。所以那天家中婦女全部出動，在神廳設個臨時工場，鏟豆沙、搓粉、摺角、落鑊，忙個不了。

開油鑊有很多禁忌，絕不能亂説話。小孩子不許插口也不得插手。伯娘及祖母們個個手勢上乘，油角摺得大小均勻，扭邊幼細，通心煎堆都吹得漲卜卜的。我的大伯娘每年一定做一雙小鵝給我，鵝毛剪成一層層，炸脆了便豎起，十分有趣。我靜靜地坐下，要一糰粉，仿着大人的手勢，所以自少便懂得摺角了。

蒸糕不用勞動太太和少奶，是女下人的工作。蘿蔔糕、芋頭糕、九層糕、馬蹄糕，應有盡有。但蒸年糕卻不是江家的傳統，而是由外面送來。難得的是，終年為我們管理發電機和自來水系統的蜑家潤哥，照例送來大盤大盤的盤粉。盤粉是水上人家的食製。龍溪首約旁有一條小涌（珠江的一條小支流），我每天上學經過常見蜑婦在小艇上磨米，有時見她們拿着一條搖漿棍攪呀攪的，十分吃力。現在想來，米漿一定很稠，而且聽人說，最難是要邊煮、邊攪、邊下豬油，直至豬油全部與米漿混和方夠幼滑。

新春的午間小食，我家多煮盤粉。先熬好一大鍋湯，內有冬菇、臘鴨和黃芽白。盤粉切半寸方粒，一滾即食，味道甘香，但因和米漿時下了硼砂，有點獨特的澀味。這種小食今日幾乎完全絕跡，不嘗此味五十年矣。

公家除了油角和糕，臘味也是按房分派，還有壓歲的鯪魚亦是大規模炮製。我家祖居在南海佛山縣塱邊鄉，有田地，有魚塘。歲末乾塘時先挑起最肥最大的鯪魚，用鹽醃好方由鄉下運進省城。我大伯娘的「近身」（專服侍身邊起居的女僕）六婆，最巧手做蔗渣魚。法門是把鯪魚先炸香，在大鑊內架起一條條的開邊甘蔗，用炭火把甘蔗燒到焦糖滴出後，灑下茶葉，排鯪魚在蔗上，慢慢熏到香氣四溢、鯪魚變得金黃便好。蔗渣魚可以保存多天，開年後各房生活回復正常，蔗渣魚正是下飯的好菜。

過年食品固然要預先準備，室內佈置亦要帶新年氣氛。所有的八仙桌都加了檯圍。神廳、大廳及客廳的公座椅，全鋪上椅搭，一律紅色，綉滿了五彩花，更見喜氣洋洋。小姊妹們躲在八仙檯下擺家家酒。男孩子捉迷藏時一定分頭躲在檯圍後。

神廳左右兩邊的牆上，懸掛起祖先們的真像，有男有女，樣子稀奇古怪，但從來沒有長輩告訴我們誰是哪一代的先人，幹的又是甚麼。

最重要莫若擺花了。我家與北方的四合院不同，天井的一端是假山及牆，三面有走廊圍繞，走廊外就是客廳、祖父的飯廳和書房。祖父愛蘭，養蘭凡一百二十種。中秋過後，花王便要計劃賀歲應備的盤花。祖父書房外的走廊擺的是蘭花，客廳外擺的多是芍藥，天井則擺牡丹和菊花。至於插瓶大枝桃花及吊鐘、年桔及金橘，由芳村花地的杜耀花圃精挑送來。我家人無行年宵賣懶的習慣，所有花事，在除夕黃昏前，一切早已準備就緒。

家人全都及時趕回拜祖先。由祖父領先，三跪九叩。大家按長幼分序跪拜，小孩子則在旁攙扶長輩，之後也依次序跪拜如儀。祭祖的九大簋也就是團年的飯菜，年年如是，不外燒肉、雞、鴨、炆冬菇、髮菜魚丸、粉絲蝦米、臘味、炆筍蝦和豬肉湯等。除了祖父在飯廳有他自己的飯菜外，一家五六十人全聚在大廳食團年飯，熱鬧無比。

飯後大家等度歲，也是接壓歲錢和床頭桔的時候。一交子時，爆竹齊響，算是守了歲，可以回自己的家睡覺了。

## 春節家饌

大除夕人人夜眠，新年初一自然起得遲。母親趕着給我們穿好新衣新鞋，由「近身」女傭捧着金漆托盤，帶我們回太史第拜年。

真羨慕現今的兒童，父母一任他們自由發展，不必受舊禮教的約束。想起我們小時，規矩多端，一頂「大家閨秀」的帽子往你頭上一戴，便要貼貼服服遵循，聽足長輩的話。

拜年是一種禮節，我們第一件事便要乖乖地按着祖母們的大小，逐個去拜年請安。男孩子打恭，女孩子斂衽深深作揖，說聲「恭喜祖母身壯力健，萬事如意」的好意頭話。近身遞上漆盤替我們接過利是，又帶我們到另一個祖母的居停去。

等到拜完年，漆盤的利是已裝得滿滿。哥哥和我知道母親謀生不易，派出去的利是比我們接過來的要更多，都原封交給母親，由她支配。母親也不想我們太沒趣，會給點小錢我們買爆竹，和堂兄弟姊妹們一起玩。

這一天又是全家團聚的好日子。大家都等着吃過早飯齊齊向祖父拜年。我到現在仍不明白，為甚麼每年的第一餐飯，江家人一定要吃素。祖母們唸佛，初一、十五要守齋這個道理很易瞭解，而作為一種家規，則有點莫名其妙。不過，「食齋」實在非常有趣的，至少可以換換口味。

廚子不負責燒齋菜，全由我大伯娘的近身——「六婆」包辦。印象最深是她的齋燒鴨，做法比較特別，是用腐衣包着甜竹和乾草菇同煮至軟滑的餡子，以水草紮成一卷卷，投入熱油中炸香，皮脆餡嫩，比一般全用腐衣捲成的齋燒鴨另有一番味道。

煮好壓歲的羅漢齋是全席的重心，盛在火鍋內燒得熱騰騰，再加些生菜、黃芽白進去，就是一個素邊爐。此外尚有煎香的芋餅、甜酸齋排骨、大碗的燉冬菇、炆生根等等，每年的菜式都有點不同，大家吃得津津有味。

下午三時祖父起床，先是上一輩向祖父拜年，然後我們孫輩亦由大輪到小，一個個向祖父恭喜。近親此時魚貫而至，擾攘一番又是晚飯時分，家人全都留下。

新年晚餐吃的是生滚大蜆。廣州有很多蜑家，歲末挑着一擔擔的黃沙大蜆，沿門叫賣。因為大蜆與「大顯」諧音，家家戶戶一早買定，養在盤中，每天換水，等大蜆吐盡沙泥，便可安心食用了。圍爐食蜆，把家人團聚在一起，連祖父也湊着大伙兒，年中實在沒有多少次。煮蜆沒有技巧，銅做的蛇羹鍋盛滿了蜆，加蓋，下面燒起火酒爐，不一會，大蜆便一隻隻爆開。把蜆肉挑出來，蘸各式各樣的醬料，正是鮮美無倫。

食蜆很容易失去度量，不知盡頭。到了最後，鍋內的蜆汁才是精華所在。吃飽了蜆，再來一小碗蜆汁麵，滿足以後，已昏然欲睡矣。

蜆是賤物，所費無幾，而家人都能開懷共聚，又豈在乎非鮮鮑竹笙、非海鮮不成話的所謂豪華火鍋！價值觀念今昔不同而已。祖父又豈不識食哉？

年初二是開年。午飯是開年飯，照例要拜祖先，祖父也得提早起床了。開年吃的與團年吃的不相上下，仍是九大簋。吃過飯還要等親友來拜年，不能擅自回家。午間不是吃盤粉（已提過）便是吃煎糕及蒸油角。「大棚」的糕與祖父的「私伙」糕，分別甚大。祖父只吃蘿蔔糕一味，由六婆一手監製。先用珧柱煎水，棄珧柱留汁，用以煮蘿蔔。另外煎香兩條鯪魚，揀骨留魚茸，再爆香些少冬菇臘腸，全拌入蘿蔔內同煮一會，掺入粘米粉便可蒸了。祖父的糕用粉特少故此很稀削，煎的時候也就只有六婆方始有如此耐性。這種蘿蔔糕，味道精美而不見料，軟糯清鮮，不愧為經典之作。

而今有時懷念往昔的美食，忍不住照辦煮碗。糕算是做對了，就是沒有煎的能耐，往往蒸熱便吃光，清鮮依然，只欠個香字。

開年之後各宅自行活動，要到初七「人日」方再聚會。記得那時的寒假很長，一直放到人日後一天方上學。人日是眾人的生日，要食及第粥。不要以為食及第粥是件很簡單的事，粥底要在三更便煲好。各宅的人先後來到，即到即淥，豬肉丸、豬腰、豬肝、每人一大碗，廚子可忙煞了。

人日後市面恢復正常，不過有些大店舖要等到新十五才開市。在江家，介乎人日與新十五，還有一次大型的家庭聚餐。因為新十五後，臘味會失去香味，要趁早食完。而每年收到的年禮臘味，就算按房分派，還是賸很多。最好的解決辦法，便是用來炒生菜包了。

此時蜑家婦已照常上街，大聲叫賣生開蜆肉。生菜包的作料十分普通，蜆肉先拖水瀝乾，臘腸、臘肉、鹹酸菜及韭菜全切粒，爆香臘味與其他粒粒同炒香就是了。大陣仗的倒是那些生菜。以前種菜全用大肥，唐生菜洗好後，一定要浸在下了灰錳氧的冷開水內去消毒，再慢慢一片一片的用毛巾揩淨，不然沾上紅色的灰錳氧，有點吃藥的感覺。

生菜消毒是祖母們的工作。吃生菜包的規矩是：把生菜鋪在碟上，抹些海鮮醬在菜葉中心，上加熱白飯，再次加蜆肉餡。如果喜歡，此時可加蘿蔔絲煮鯪魚鬆，包成一大包，吃得滿咀滿臉也沒有人會怪你失儀。餡子是任吃，生菜則是由祖母們配給了。

新十五是上元節，俗例家家食湯丸。粵式湯丸不及外省元宵考究，只用糯米粉包住一粒片糖，在有生薑的片糖水內煮至浮起便好。我從來不肯吃甜的，但最愛吃用臘鴨、冬菇、冬筍和豬肉粒做餡子的鹹湯丸。

新年食的節目到此為止，絢爛復歸於平淡，又要等到端午節，一家人纔能夠再歡聚在一堂了。

人很是奇怪，要忘懷舊日的好時光並不容易，往往抹不去那份滄桑感。

在加省，生菜包已成了我家的家饌，只可惜美東的鮮蜆太昂貴，西生菜當然任食，但蜆肉則寥寥無幾矣。

## 祈福素筵

我祖父一共有十二個女人，除了原配祖母是妻子外，其他全是妾侍，按入門的先後排大小。在我們小孩子的心目中，祖母就是祖母，管她們孰大孰小，冠以數字去分別她們，實在方便不過。牙牙學語以來，就習慣了如此稱呼，但從來不會好奇祖父是怎樣把這些女人整治得貼貼服服，絕不爭風吃醋。

到成年以後回心一想，理由很簡單。祖父懂得授權，把治家的大任委與一個女人——三祖母，全由她代策代行，有甚麼要辦的，三祖母自會包攬一切，不必祖父勞心傷氣。

因為有人掌權，自然產生特權階級，那是絕對不民主的。在這個水波不興的大家庭裡，不公平的事不斷發生，而人人居然能逆來順受，倒也出乎今日的常理。

每年祖父的生日要做壽，無可置疑，天公地道。祖母中只有三祖母有做壽的資格，那的確是霸道。因為權力一旦樹立了，受管轄的是蟻民，縱有反抗之心，而起義無力，反正大家樂得吃喝，不高興也要支持了。

家境豐裕，做壽是粉飾太平，加添喜氣。到了捉襟見肘，光景每下愈況的時候，強撐着去做壽，那怎也說不過去。

抗戰之前三、兩年，江家已是外強中乾。及逃難香港再遷回廣州，在淪陷區苟延殘喘，有飯下肚已是萬幸，做壽這個慣例無法再維持了。

打了幾年仗，孫輩一個個長大，成家立室。祖父那時已是風燭殘年，對飲食無大興趣，倒是三祖母仍然忘不了自己的地位和權力，找一個藉口，說要為祖父求壽祈福，在她自己生日那天，全家人都要吃素，由有入息的子侄，共同科款「贊助」素筵的費用。

我父親雖是三祖母所生，但媳婦總及不上自己的兒孫，所以我母親永遠都在特權圈子之外。光復後她在外交部兩廣特派員公署當科長，有正常收入，「贊助」此舉，自然由她帶頭了。

其實所有的祖母們都經常為祖父祈壽。二祖母吃長齋，四祖母吃半齋，八祖母過午不食，九祖母不添飯。住在我家的表姑姐周塵覺居士和黃任群誼姑姐則守清齋。其餘的家人都信佛，也食齋。為何一定要在三祖母生日那天吃齋，纔有延壽之效？

我那時已入了中山大學，很多事情都記得一清二楚。家中早已無廚子，服侍祖父的男僕潘全是個旗人，忠心耿耿在我家數十年，倒也學到一身廚藝，加上六婆（我大伯娘的近身）的好手藝，就算沒有珍菌燕窩，素席上的菜式，一直保存着江家粗料細做的風格。

素筵有四熱菜領前。三寶素會的印象最深刻，家散後幾十年，這道菜再遇不到，亦求不得。三祖母的生日在農曆六月底，菱角正嫩，外皮青中帶赭紅，剛剛可以剝肉，與鮮草菇和絲瓜塊同燴，加個琉璃芡，不需下任何提味料，已夠鮮美。難得菱角嫩滑，像咬一口清甜蜜汁。不管今日香港有多少中西食貨，如此菱角何處可尋？而且那些無季節，終年用廢棉、茶渣、石灰在溫室人工培養出來的草菇，豈能與在濕熱的氣溫中，層層禾草下自然生長的可比？三種蔬菜的原汁，吊下馬蹄粉漿勾成的芡，又何需味精？

其他的熱菜少不了祖父最愛的腐皮卷，炒大豆芽菜鬆，或者炸碌結。炒鬆的作料不會經常相同，任由六婆去變化。碌結（nuggets）其實是祖父當洋務時，家中西廚教下來的菜式，用薯茸做皮，包着十分細緻的菌粒餡，滾上麵包糠炸脆。碌結的皮可用芋茸，恰似潮州芋棗。有時會有脆皮豆腐，蘸酸甜芡吃。

最主要的大菜是銀芽炒生腐竹，實應稱之為炒齋桂花翅，但家中禁用葷菜名，只能依料直說。生腐竹炒軟了像雞蛋，絲絲繞在銀芽之中，加些炸香的草菇絲，就算是火腿了。

本來是六婆首本，在江家盛極一時最熱門的鼎湖上素，卻因作料太名貴而減去了竹笙和銀耳。幸而仍有黃耳的幽香和榆耳的爽脆，加上多量的生筋，和清甜的鮮蓮子，又何必一定要全有三菇六耳！真的，自從石耳斷了市之後，我再不拘泥於「正宗」這碼子事了。反正現時的所謂珍菌，都逃不出「人工培養」的大限，尤其銀耳和竹笙，質感大異當年，不用也罷。

少不得的倒是紅燒切了厚片的麵筋球，活像一塊塊的鮑魚，或者撕塊去炸香燴以甜酸汁，無疑是糖醋排骨的化身，總之不能說出口來就是了。

湯羹的變化最多。祖父平日喜愛菜茸，莧菜正當時得令，只用嫩葉汆了水，沖冷後細切成茸，放在素上湯內加芡稠結成羹，青翠幼緻，滑不留口。冬瓜也可做茸，整塊煮至軟透後，用匙羹把瓜肉刮出，像一盤白玉。如不做羹，用整塊的冬瓜蓋住鮮菇、鮮蓮、冬菇、乾草菇、雲耳、榆耳、竹筍等一大堆作料，加素上湯燉夠火路，撒下點夜香花就是白玉藏珍。冬瓜盅反而少做。

素炒飯、菜薳辦麵往往是千篇一律。甜品比較多樣，南棗核桃糊是眾望所歸，也只有六婆纔夠耐性去剝核桃的皮，炸香然後磨漿煮糊，再加上南棗肉，甘香甜厚，果真是珍品。

點心多是午間從外面買回來，拜完祖先留來押席。不過為討祖父歡心，潘全一定會弄一味玫瑰鍋炸（戈渣）應景。

鍋炸有鹹有甜。鹹的是熱葷，是太史筵席的前衛，祖父向無鍋炸不歡。

鍋炸出自那一菜系，未作過考證，只知廣東的鍋炸是鹹的，江南的鍋炸是甜的。鍋炸可能就是鍋裡炸出來的東西，但怎又稱戈渣，那更是無可稽考了。

做甜的鍋炸要用牛奶和雞蛋，這兩種食品因無生命，屬花素，但食清齋的不會接納。九祖母在花園養雞，雌雄分籠，生下來的蛋保證不曾受精，纔可以入饌。鍋炸要用粟粉、蛋黃、牛奶、玫瑰糖同煮成布甸樣的糕，冷卻後切菱形塊，沾上乾粉炸脆供食。玫瑰糖又可代以桂花糖，兩者都是自種自漬，不假外求。

這些素筵，一則省錢，二則的確精緻，後來連祖父做壽也改吃素了。從廣州光復到易手這一段日子，一家人團聚吃素，作料雖因窮而變，但烹調手法卻不因窮而馬虎。

三反五反時祖父因係地主，被捕入獄，絕食而死。求壽祈福亦無補於事！

三祖母則被解回塱邊鄉公審，不久亦病故。逃港的江家人在大坑道佛教女居士林供奉祖父和三祖母的靈位。每逢忌辰，第二代的特權階級畹貽姑姐，照辦煮碗要我們這一代「贊助」素筵拜祖。本來居士林的蘇居士燒得一手好齋，但乏人幫忙，只好請相熟的齋廚到會。

「先入為主」這句話一點不錯。齋廚之名雖盛，無奈油多味精重，能不令江家子弟感懷再三，擲筷興嘆！

## 家常素菜

江太史第關起門來，每餐起碼有五、六十人吃飯。餚饌的內容，也跟着用膳人的身份、年紀，甚至宗教信仰而有頗大的距離。除了祖父專用的上桌及婢僕們的下桌外，所有家人不論老少，吃的是中桌。中桌每餐四菜一湯，由二廚烹製，都是十分可口的家常菜式。

中桌又分素桌與葷桌，素桌人少，葷桌人多。每逢初一、十五及佛誕，大部分的女眷都吃素，此時反過來以素菜為主，葷菜為副。我們小孩可任選吃葷或吃素，但沾過葷菜的筷子，便不能下箸素菜，免擾清規。

如果以現時香港流行的新潮素食為標準，我家的素菜便顯得粗粕了。好在素食重用蔬菜，而蔬菜季節性強，所以終年變化多樣，絕不單調。蔬菜又多時與乾貨、豆品或麵筋配搭，菜式更見靈活。

豆製品是素菜主要作料。新鮮的水豆腐、板豆腐、布包豆腐及硬豆腐，無論那一種烹調方法，真是百吃不厭。豆腐乾切成絲、丁、片，或整塊去紅燒，用途與肉同，營養豐富。油炸豆腐泡最能吸收味道，素燴少不了它。

乾的豆製品以腐皮為主。腐皮最薄的一種宜用以包捲餡料去炸、煎或蒸，花樣之多，四時不同。較厚的腐皮可做素燒鴨，若加些鹼，捲起紮好，煮軟了就是素雞。腐竹枝可煮，可以煲湯，而甜竹卻是最常用又價廉的。

整粒的大豆是素上湯的主料，浸透煮軟便是滷豆。麵筋也是不可或缺的。麵筋的質地最似肉，吸味力強，紅炆或先炸後炆，又或加個甜酸芡，變化無窮。生麵筋用油炸了會鼓脹成空心的球，就是生根。當然還有粉絲、金針菜、雲耳、木耳和髮菜等乾貨。比較矜貴的黃耳、榆耳及銀耳（那時只有野生的，不像今日用人工培養的普遍），則屬素筵的作料，平日甚少使用，竹笙更不用說了。

這就是我家素菜用料的一覽。調味料也極為有限。從前味精並不通行，家中不設味精，提味全靠冬菇及乾草菇。醬料多用麵豉、醬油、南乳及腐乳，偶也會用豆豉。但因蒜、葱、韮、蕎氣味太濃，屬葷不屬素，沒有蒜頭配豆豉，味道硬是不對。有一種舶來品叫 petite marmite 的素調味膏，係由酵母及蔬菜提煉而成，倒是經常使用。

家人吃素，只因拜佛，並不着着以健康為前提。除了二祖母吃長齋外，每月兩、三次的素饌，大家可以換換口味，尤其在炎熱的夏天，素食更受歡迎。

到自己年紀漸長，對肉食失去興趣，每餐一定要有一個素菜，所以常會做些以前在家中吃到的。不過為了味道，用葷的上湯去燴素菜便不能免了。我對味精極度敏感，館子的素菜就算如何花巧，作料如何高貴，都不覺吸引。

有幾個十分平凡的江家素菜，也是我現時常吃的，合乎營養，做法簡單，值得為讀者介紹。

大豆芽菜炆麵筋——是集大豆蛋白質及小麥蛋白質之大成。大豆芽菜先用白鑊炒乾身。麵筋切塊，油豆泡每個切半，分別川水。用油爆香麵豉後加入所有作料同炒，下半罐雞湯用中小火炆至麵筋入味便可，不必再加其他調味料。

薯仔餅——這個菜用料有點特別，甜竹炸香後切粒，與浸發好乾草菇粒同拌入生磨的薯仔茸內，加些生抽、麻油調味，蒸熟上桌。薯仔經常有售，冬天可代以茨菇，夏天可用嫩蓮藕，這幾種澱粉性的作料，磨茸成熟後口感大致相若，都是軟中帶韌，十分有趣。如不是食清齋，下些葱花及芫荽更覺香口。生磨薯仔可以加入榨菜末、冬菇粒、草菇粒同拌勻，用油煎成薄餅，香脆可口。用芋頭或茨菇，效果更佳。

炒素鬆——這是配搭最靈活的一道素菜，只要作料不含太多水分，大致上都可切粒炒在一起。夏天用青豆角、鮮玉米、青紅椒做主料，隨意配上冬菇粒，菜脯、榨菜或梅菜粒，加些炒脆花生更是香口。到了冬天，主料可用冬筍，荷蘭豆，加上甘筍及馬蹄粒等，爽口清鮮，不一定要有肉纔好吃。

炒大豆芽菜鬆——終年供應不斷的是大豆芽，只取豆而不用莖。豆不要切得太碎，與幾種菌粒同炒，下鋪炸米粉，上灑脆欖仁，配合得天衣無縫，算是比較精細的素菜。

腐皮包——將圓形的薄腐皮去邊，分剪六塊作皮，中包冬菇絲、榨菜絲、豆腐乾絲及一炒即盛起的銀芽（切勿下鹽，免芽菜出水過多），即包即煎，送粥及下飯皆宜。

腐皮卷——這是祖父最喜愛的素菜。甜竹浸透沖淨，爆香發好乾草菇，用菇水與甜竹同煮至軟，加麻油生抽調味，是為餡。如無薄腐皮，也可用上海式較厚的腐衣作外皮，中央橫放一行甜竹餡，覆上左右兩方，再捲成腸粉形，以水草紮穩，放入溫油炸香，趁熱剪件上桌。又或兩面煎香再蒸軟後幾卷重疊，壓以重物，切塊冷吃。

上面說的都是絕不刻意求工、雕砌做作的日常下飯菜。當然少不了每餐必備的「炆齋」，這不過是把很多種應時蔬菜炆在一起，有沒有乾貨配搭亦不在乎，加點南乳或腐乳便很好味了。但遇到時節，煮的羅漢齋會用較為講究的作料。

目前香港的奢華素菜，動輒以竹笙燕窩掛帥，既非熱衷宗教，亦不見得特別好營養，無他，蓋為身份而外，尚有所謂「時尚」也。而用油之多，味精之重，已決非素食正道。

其實以香港之地利、運輸之發達，世界各地之新鮮菜蔬，四時不斷。加上人工培養菌類的方法一日千里，食用鮮菌的品種有增無已，素菜的作料日見豐盛。如果能在均衡營養上着眼去配搭作料，少在賣相上花心思，則素食在香港發展的趨勢實在無可限量。

# 禮雲子之懷想

識飲識食的人不一定只知山珍海錯。往往平平無奇的作料，經過恰當而精心的處理，可以變成席上珍饈。可見價值與美食之間，決不能輕率地畫上一個等號。

我不敢妄言奢食者都不是美食家，但美食家可能不重奢食。我祖父飲譽廣州食壇，除太史蛇羹外，其他冠以太史名銜的菜式並不多，也不珍貴，且從未聽人提過有甚麼「太史鮑魚」或「太史包翅」的。雖然很多矜貴海味都是祖父席上的常菜，奇在江家人均處之淡然，在我們心目中的家饌，可能絕不值今日的奢食者一顧，但我們都認為配稱美食有餘。

過年過節的美食不算數，一年之中總有好些機會全家人為了分享某種特別的食品而聚在一起，諸如灼生蠔、捏粉果、包禮雲子春卷、煎腐皮包等。至於撈魚生則是大人們的事，與小孩無關。

禮雲子是祖父心愛的食物，並非十分貴重，只因季節甚短，稍縱即逝。禮雲子其實是小螃蟹（俗稱蟛蜞）的卵子，農人從水田中捕捉大批帶卵的小螃蟹，把卵洗出，加鹽稍醃，盛在瓦盅出售。不知是那位騷人雅士，給這毫不值錢的小螃蟹卵子，起了「禮雲子」這麼秀麗的名字。

春末是禮雲子的季節，與祖父相交甚稔，在珠江三角洲一帶的朋友會及時大盅大盅的送來。那時電冰箱尚未通行，禮雲子靠鹽保鮮，不能久存，要趕快吃掉以免糟蹋。

小孩子下午放學回家，一定有小吃，多時是麵食。遇上禮雲子「當造」，我們會吃到禮雲子撈麵。不管撈的是甚麼麵，只要有禮雲子便鮮味無窮，若用來拌伊麵更是妙絕。

我家每年有一次包禮雲子薄餅的聚會。薄餅皮用福建式，從外面買回來的。餡料由大廚師切備，逐樣炒好。眾祖母圍坐在一起，分工合作，先將薄餅皮在碟上攤平，中間加一撮禮雲子，再蓋上雞絲、肉絲、冬菇絲、筍絲、鮮蝦肉、蟹肉、蛋皮絲、韭黃、芫荽等，包成扁平信封形。之後便交由大伯娘的「近身」六婆去煎。煎薄餅要有耐性，火不能猛，油不能多，慢慢煎至兩面微黃而皮脆纔好，切不能煎焦，壞了顏色及味道。禮雲子橙中帶紅，若隱若現，襯着其他五光十色的餡料，賣相極佳。

包薄餅絕不難，七手八腳一下子便包完，「煎」纔是個大問題。大廚子不管此等婆媽事，只靠六婆一雙手，管兩隻鑊也供應不來。祖母中只有九祖母肯下廚，她總會助六婆一臂之力。家人怕「熱氣」和油膩的，會效福建方法，趁餡料尚暖，包着便吃。免煎的薄餅有一樣好處，就是可包入銀芽而不用筍絲，這麼一來便爽口得多了。餡料全屬清淡，方能彰顯禮雲子的真味，吃薄餅時我家例不設芥醬。

少吃滋味多。每人兩包薄餅，一碗白粥，吃罷一哄而散，齒頰留香。印象最深的是禮雲子粉果，只供祖父之用。粉果皮薄，晶瑩通透，餡料細緻，鮮美無倫，不嘗此味久矣。

日軍侵華，我家避難香港，擠住在羅便臣道妙高台一層樓、僱用的廚子亞勛是上班式，每天來煮兩頓飯，不留宿。及廣州淪陷，水路交通恢復後，仍有人托水客帶禮雲子來港送給祖父。記得一次祖父着亞勛用禮雲子炒蛋，端上桌時祖父説蛋太嫩未熟，油又多，要他另炒。不料過猶不及，卻炒老了，祖父生氣到極，炒至第三次方算合格。炒壞了的，祖父叫亞勛全用來炒飯，加點葱花。禮雲子紅得艷，配上黃色的雞蛋，連白飯也被小粒小粒的禮雲子染得通紅。雖然每人分嘗少許，但那炒飯的鮮、香、美，畢生難忘。

如今市上美食水產類魚子（俗稱鰽），從最大而味最腥的三文魚子數起，到貴至三百多元一安士的俄國魚子醬，以及日本的柳葉魚子和飛魚子，都經過處理，微帶鹹、腥、甘的味道，沒有一種及得上禮雲子的鮮惹。

禮雲子是「蟛」中最幼細的，稍微大一點的蝦蟛，來自帶卵的雌河蝦，產量較大，正當季節時是廣州一般人家的下飯菜，加點薑汁酒蒸熟，淋些滾油在面，風味亦佳。

可惜農耕現代化，使用了化學肥及除蟲劑後，水田已非小蟧蟹棲身之地。近十年大陸對外開放，引進新科技，工廠廢料污染了河流，小蟧蟹瀕臨絕種。

一九七九年六月我第一次返廣州，向畔溪酒家的點心狀元羅坤詢及禮雲子事，他說貨源極疏，間中仍可覓得，惜季節已過，叫我下年及早通知，好等為我準備他的首本點心禮雲子燒賣及粉果。

言猶在耳。羅坤師傅早已退休，禮雲子亦已成絕響，只深誌於記憶之中。

# 款客的情懷

有錢請客，觥籌交錯，賓主盡歡，交口稱道，其樂何極；無錢也要請客，四處張羅，可賣則賣去湊費用的，倒不常見。我祖父就是這麼一個人。

我只知道曾祖父是上海的一個大茶葉商，人稱江百萬，年老生我祖父後，便遷回原籍廣東南海縣居住。關於祖父一生的事蹟，傳說甚多，不足盡信。但他在清末民初當過英美烟草公司南中國總代理，賺過不少錢，那是千真萬確。祖父交遊廣，喜宴客，兼對飲食一絲不苟，席上的菜式往往別樹一幟，口碑甚盛。大酒家的名廚爭相仿效，「太史菜」在「食在廣州」的年代，風靡一時。「太史蛇羹」更是只此一家，別的全不算數。

祖父點翰以後，住在北京等候派放，似乎不曾正正經經當過甚麼官。不知怎樣卻派上了廣東清鄉督辦。「清鄉」是要剿匪的，但祖父卻與三山五嶽的草莽英雄結成莫逆。鄉沒有清而四方豪傑則交了一大把。那時候，祖父可說是豪氣干雲。

祖父為人爽朗，風流成性，一共討了十二個老婆（有些還是不入數的）。很奇怪，祖父的女人沒有一個是天姿國色，九、十兩祖母還可列入「醜」類。

那年海員大罷工，祖父舉家遷香港，買了加連威老道一號四層樓的洋房，繼續代理香烟。第二年，我父母從美國學成回港，不久，生了我。從香港遷回廣州後家道一直不振。幾個伯父都不善經營，我父親尤其不長進，終日流連花間。主持烟草代理事務的「公益行」結果由外姓人操縱，終於連代理權也保不了，每月只收回一筆少數的車馬費。

少了這個大財源而又不節流，再加上傾盡全力去發展江蘭齋農場，祖父從上代承受下來的一份家財所餘已無幾。到我七八歲時已知道在「太史第」這塊金字牌匾下，隱憂重重。然祖父好客如故，絕不因財政有問題而稍為收歛。

小時候聽祖母們閒話滄桑，總會提到「全部奉獻」的辛酸。富甲一方時的祖父，全不把金錢放在眼內。要討新妾侍，例要疏通舊的，為表公允，新的舊的一律獲得同樣衣飾財物。買一份給新人，便要買足七八份。據說那時江家擁有的「三萬三」透水綠玉，為羊城之冠。

我祖母排第三，卻是如假包換的江青。祖父要請客了，周轉不來，三祖母便下令其他的祖母自動奉獻首飾。還記得玉器商來到，三祖母從古玩架上拿下小胭脂杯，盛滿水，把透水綠玉投下去，立時折射得滿杯翠綠。小孩子在旁真是看得目瞪口呆。

蛇膽酒為甚麼會那麼碧綠？原來是「三萬三」透水綠玉加上祖母們的眼淚！

祖父不喜大宴親朋、筵開百席這種場面。他的飯廳只擺一桌。款客的菜，一定要精細。他的心意永遠都是那麼慇懃。管它明天債主臨門，祖父和他的朋友，（烟）燈紅（蛇）酒綠，樂也融融。

只靠祖田的租、英美烟草公司的車馬費和農場微薄的收入，如何支撐大局？畢竟祖父是個氣概萬千，提得起、放得下的奇人，他把鴉片烟戒了，皈依密宗，從此戒殺生。數十年繁華食事乃告一段落。

江家最後一位廚師叫李才。祖父薦了他給海軍上將張之英。後來李才獲槳欄路聯春堂重金禮聘，正宗太史蛇羹由此外傳。

七七抗戰，廣州淪陷前祖父帶同一部分家人避難香港，旅居羅便臣道妙高台大良龍家的物業。二三十人擠在一層樓，婢僕相繼星散，只餘男侍從一、女僕二，但仍僱用一男廚師。

此時祖父往還的只限於談詩論文的幾位知交，閒來下棋吟詩，並組織了一個「詩鐘會」，每月在我家聚會一次。有詩文無美食，豈不掃興！當時的會友，景況都不佳，知道祖父亦拮据，眾人都願意科款聚餐，但為祖父堅拒，每人只象徵式收費一元，其餘的讓三祖母頭痛去。

時逢亂世，生借無門，要請客便只好變賣古董。常常出入我家的是摩囉街古月軒的胡雲軒先生（人謂是影星胡楓之父）。眼看着賣完一件又一件，祖父全不以為意。食中有緣，正是苦中作樂。祖父宴客的執着，數十年如一日，如不盡心便不安心。客可以不請，要是請了則不能隨便。到後來連英美烟草公司那份起碼的車馬費也因生意稍差而停發，祖父便以賣字及替大戶人家「點主」（註1）維生，能伸能屈，一至於此。

記得「詩鐘會」的世伯有黎季裴、余叔文、葉譽虎、葉次周、朱汝珍、陳公哲、楊千里、黃慈博等多人。有時言情小説家傑克亦偶然會來唱和。後來又加入了廣州大學校長陳炳權（即我家翁），為「詩鐘會」中到上世紀八十年代仍然健在的唯一會友。家翁時年九十四歲（補注：已於九零年去世），記憶模糊，問及「一元大餐」事只唯唯諾諾而已。

我雖然與祖父住在一起，祖父的尊嚴，高不可犯。他不曾教過我怎樣下廚、如何宴客，但待客要盡心卻無形中成了教誨。

我不獨食，亦不喜二人世界式的「撐檯腳」。平日飲食務求合乎營養而不損健康。家中有好的，都留來奉客，而且親力親為。只有在朋友中間，飲食纔有味道。這種渾然忘我的情懷，可能受了祖父的感染，但要把這個信息傳給學生，那便難了。

**註釋**

1 若有功名的人，在靈位上神主的「主」字，用硃筆加頂頭一點，據説會令死者的後代繁衍昌盛云云。

## 蛇季記趣

每年蛇季家中特別熱鬧而繁忙。祖父大宴賓客不用說了，還有摯交「來借廚房」，或者應達官貴人輾轉請求「借出廚房」，所以秋風乍起便一直擾攘到農曆年底。小孩子們就最愛這個季節。

「龍虎鳳」似乎是蛇宴的三部曲。龍是蛇，虎是狸，鳳是雞。除了殺雞司空見慣之外，宰蛇最看不得。蕖欄路「聯春堂」的「蛇王」，下午一早來到家中，在廚房外的天階大演身手。男孩子們鴉雀無聲地圍觀，我最膽小，立刻退避三舍。到蛇宰好，下鍋煮熟後，「聯春堂」的女工架起臨時工作桌，趕快把蛇出骨。女工一手拈蛇，一手用大拇指從粗的一頭鏟進去，蛇肉即離骨脱出，不消兩三下手勢便拆好一條蛇，比血淋淋的宰蛇把戲好看得多了。

我最不忍看籠中果子貍的可憐相。果子貍似隻貓，但頭部較貓狹小而身體較長。家中常用的是七間貍，貍身有斑白的條紋，貍尾則黑黃相間，共有七節，故得名。四蹄踏雪的貓被認為是奇種，而七間貍的四蹄卻全是黑的。長大後聽人說七間貍並非貍中之上品，羶腥味特重，祖父因何偏選七間貍，家人至今均不大了了。至於籠中可憐兮兮的果子貍，怎樣宰法，直到現在連想也不敢去想。

廚房外的殺戮，很快便完場。等到我放學回家，廚子們已密鑼緊鼓，準備晚上的蛇宴。在我們孩提時代，家教很嚴，身嬌肉貴的「孫小姐」、「孫少爺」，例不准入廚房。我往往趁老家僕不留神，便一溜烟混入廚房去看熱鬧。

此時上湯已夠火路。廚子把上湯濾好，湯渣全倒進竹籮去，裡面有老雞、瘦肉及火腿。湯渣是廚房伙記的「下欄」（外快之謂也），統由鄰街一家庭式的小食工場收購，加料翻製成肉鬆，賣給小學生作零食。

太史蛇羹的湯水固然重要，切工更非尋常。蛇是主料，加上副料如雞肉、乾鮑魚、廣肚、木耳、冬菇、冬筍、生薑及陳皮等，必定要切細而且均勻，由大廚子李才一手包辦，責無旁貸。幾種佐料亦十分考究。檸檬葉最顯刀工，要切得幼若青絲。我家花園便種了好幾棵檸檬樹。嫩葉不夠味，老葉太硬，只有不老不嫩的方始合格。切檸檬葉絲先要撕去葉脈，葉便當中分成兩半，將兩半疊在一起，捲成一個結實的小筒，切起來方容易。而即切即用，香味更新鮮。

炸薄脆有時由大廚之弟李明代勞。只見他把麵糰開薄，灑好粉，用棍子捲起來，便把棍子拉出去壓薄麵卷。之後，把麵卷攤開，擀薄，又再灑粉，捲起，壓薄，擀開，直至麵皮夠薄了，便切成欖核形小片，投下油鑊炸脆，好吃得很。這個反覆的工序，印象非常深刻，到我做了煮飯發燒友以後，自然而然懂得打麵。片兒麵的做法，與薄脆如出一轍，只是用蛋的分量有別而已。

菊花是佐料中的主角。我家終年僱用四個花王，兩個專管祖父的蘭花，兩個種菊及料理四季盆栽。江蘭齋的菊，與蘭齊名，在每年廣州菊展，獲獎比商業性的花圃要多。蛇羹用的多是自栽的大白菊，另有一種奇菊叫「鶴舞雲霄」，狀似大白菊而白中微透淡紫，是食用菊花中不可多得的精品。到園中菊花用盡了，芳村花地的「杜耀花圃」會依時送大白菊來。

清洗菊花是女僕的工作。整枝菊花倒置在一大盆清水內，然後執着花柄，輕輕在水裡搖動以去污物。菊花瓣有時附着細小的蚜蟲，清洗後還要在淡鹽水內浸一下，蚜蟲便會脱落，逐瓣剪出便可上桌了。

太史蛇宴很簡單，以蛇羹為主。首先上的是四熱葷，都是十分精巧的菜式，其中一定有「雞子鍋炸」，這是太史筵席的看家名菜，少不得。依當時的家規，小孩子不能「登大檯」，所以至今無法道出蛇宴的完整菜單，只知除蛇羹及蛇膽酒外，並無其他以蛇為作料的菜式。向年高八十四的畹貽姑姐問及，亦稱印象模糊。她數了幾個菜名諸如「炒響螺片」、「炒水魚絲」、「太史豆腐」，便再數不下去。她老人家自大埔佛教大光學校退休後入了女居士林淨修，如今在鑽石山志蓮淨苑養老，她持經念佛廿多年，久已不知肉味，難怪記不清。

在太史第，果子狸是押席大菜，跟在蛇羹之後，通常是斬件用雙冬火腩同炆，但一定要加陳皮及炸香蒜子以辟腥味。祖父全部牙齒都是假的，喜歡吃軟滑不需多咀嚼的食物，有時會着廚子用廣肚件同炆，減去冬筍火腩。廣肚沾滿了果子狸的汁液，味道極其濃郁。我最愛吃果子狸的蹄，皮薄、肉嫩且帶點筋，啃起來滋味無窮。

果子狸上過便是飯菜，有大良積隆鹹蛋、炒油菜、蒸鮮鴨肝腸以及煎得香噴噴的鱸白鹹魚，上澆些浙醋及砂糖。還有，江蘭齋農場特產的泰國種黑穀香米飯。瓦罉一打開，香氣四溢。如今香港入口的泰國香米，就全不是那味兒。

回想起來已是五十多年前的事了。昨晚電視新聞報道果子狸及好幾種野味已列入瀕臨絕種的野生動物，禁止入口。早一陣又聽說水律蛇及眼鏡蛇亦被禁之列。若如是，行見龍虎鳳大會將全然改觀。熱衷綠色運動的人士，一定為之雀躍不已。

## 蛇宴絮話

當正蛇季，不論外人來太史第借廚房，抑或情商借出廚房，江家得益的是，各房的人都可以名正言順去「搭廚房」。

「搭廚房」的意思，是當祖父接納了外面的請求，廚子在太史第，或別人的府邸獻技時，江家人可以交點錢給廚子，「搭」在人家的費用上，去多弄些蛇羹，饗宴自己的親友。

我五、六歲時，幾個伯父因兒女眾多，都搬到太史第外圍，自立門戶。我父親不長進，游手好閒，我母親受了歐西教育薰陶，很早便踏入社會做事，所以也有能力搬離「大屋」了。孫輩分別在附近的南武中學、潔芳女子師範及市立廿六小學就讀，午間全回到「大屋」吃午飯，放學後各自回家，溫習功課。

中午是最熱鬧時刻，光是小孩子就坐滿兩圍。堂兄弟姊妹便藉着這個機會一同玩耍。伯父及伯娘們亦於午後魚貫回「大屋」向老人家請安。同聚一堂的情景，好像歡樂與繁華，永無盡期。

家庭大，要人人都分得一碗蛇羹，那真不容易，既患寡而又患不均。幸虧主持大局的三祖母想出了「搭廚房」的妙法，皆大歡喜。其實，祖父宴客，廚子必要集中全副精神，把筵席做到盡善盡美，絕對不能分心，豈容各房人等來亂「搭」一頓呢！

祖父有蛇宴，二伯父仲雅，三伯父叔潁都會回家幫忙接待。客人到了，抽大烟的請入祖父書房，不抽烟的招呼到大門右邊的「到朝廳」去談天、用茶、吃果點。水果一定是農場產品，茶點則是江家自製。

我說的茶點，其實不算是點心而是「口果」，有蜜餞、酸菜、酥炸合桃和淮鹽杏仁等。蜜餞中最講究是「四季仔」紅心番薯，條條比拇指大一點，蒸熟去皮，晾乾了方始加糖去餞，不太甜，也不太濕，可以用手拈來吃，一條一口，「烟韌」又糖心，百吃不厭。迷你紅心番薯是蘭齋農場特產，精挑細選，稍大些都不能用，珍貴之處就在此。

蜜餞栗子亦十分別緻。農場鄰近番禺南崗墟，是廣東栗子名產地。南崗栗子盛名不若天津良鄉栗子，但如要煮糖水、炆雞或蜜餞，良鄉栗子太小，非南崗栗子可比。農場只種了幾棵栗樹，收成已夠一家分配。栗子太新鮮，難以去皮，糖分也未上足，採摘後要風乾一段時間方易處理。江家廚子炮製的蜜餞栗子，個個圓潤，絕不糖溜溜，整個不碎，有咬口而不瀫粉兮兮，認真考究。

酸菜有白蘿蔔塊、紅蘿蔔塊、椰菜花、大芥菜芯，用糖醋醃透，爽脆醒胃。做江家的子孫，口味被寵得太壞，連鼎鼎大名的「隨園」炸出來的合桃也覺不過如是，要自製的才算新鮮酥脆。合桃先打破殼取肉，在開水內略浸，便由一群婢女細心逐粒去衣，方交廚房上糖酥炸。倒是大南杏易做，一斤南杏一會兒便褪好皮，炸透加點淮鹽，好吃極了。正是有鹹有甜，各適其適。

這些口果，分盛在高腳的七寸瓷碟上，瓷碟是四隻一套，多數有「款」而且常常更換，全由三祖母親自到古玩房打點安排。舊時的古老客廳，用的是酸枝或紫檀傢俬，倚牆分置客廳兩邊，每兩張工座椅之間便有一張高几，高几是用來放茶杯和果碟的。小孩子最愛零食，但口果是奉客的，眼看手勿動，所以母親寧可多「搭」做口果，少「搭」做蛇羹。而且口果不受時令限制，更能滿足我和哥哥的心願。

小孩子心態特別，趁熱鬧為先，有沒有蛇羹吃還是其次。最感興趣的是要知道賓客有甚麼來頭，來頭越大就更熱鬧。如果是政壇紅人，從中央南下的，更是非同小可。太史第雖然安靜一如往日，外面則如臨大敵。記得有一年，陳誠將軍來食蛇，在南華西路至同德里（江太史第所在地）全由警衛把守，行人要經檢查方許通過，直至客人入了屋，交通方恢復正常。在同德里兩面出口的更樓，全部上柵，有如宵禁。我們小孩也不能回家了，以為可以趁高興，留下來躲在樓上，憑欄下眺祖父飯廳的動靜。但這種場面太隆重，毫無氣氛可言，反而大為掃興。

最不能忘懷的是名伶薛覺先來表演的一晚。蛇宴過後，薛覺先高歌由我十三叔編撰名劇《心聲淚影》之主題曲「寒江釣雪」，真是繞梁三日，盛況空前。我們也不必偷偷摸摸，可以圍在一起觀賞。

那晚薛覺先身穿藍色長衫，跟着他的是一班樂手，由十三叔引到客廳。說起十三叔，我們做子侄的總會滿懷感慨。十三叔自幼喪母，絕頂聰明，讀書過目不忘，考入了香港大學堂習醫，學業成績過人。可惜過不了情關，跟着女朋友溜到上海，適一二八事變，十三叔落泊而回，但曠課太多，已不能回大學堂復學了。香港的廖恩德醫生、宋常熙醫生就是他當年的同班書友。

之後十三叔教過書。他的數學天才足與當時盛名的廣州四大數學天王媲美。但不知怎地卻入了編劇撰曲這一行。十三叔的國學根基深厚，詩詞俱佳，所撰曲詞，瀟灑清麗，走紅早於唐滌生多時。今日的八和子弟，無不知有南海十三郎其人。

抗戰期間，十三叔與關德興等伶人合力發展粵劇救亡，曾在廣東省長李漢魂手下當個甚麼專員之職，又當過省參議，惜無大作為。光復後又編導粵語影片，八姊江端儀（藝名梅綺）從影，係由十三叔一力引薦。

一次由香港乘九廣火車返穗，車經石灘橋，十三叔由火車墮下沙灘（傳是自殺），大腦受了震蕩，從此神志時清時迷，不復寫作，居家長伴祖父下棋，談詩論文而已。

南海十三郎在欣賞江太史的遺墨

大陸易手後十三叔亦輾轉抵港，潦倒異常。終日在中、上環各大茶樓遊蕩，口中唸唸有詞，說的都是耐人尋味、哲理玄妙的話。晚上露宿街頭，襤褸如乞丐，但絕不收受家人半文資助。薛覺先、陳錦棠及八和會館收留過他多次，不久又四出遊蕩如故。結果被送進青山精神病院療養多年，康復後入大嶼山寶蓮寺當知客，專責招待外賓。十三叔曾一度恢復寫稿，後又被送回青山，一九八四年逝世。

很多時在粵語殘片中見到八姊梅綺。她看破了娛樂圈的得失，在大紅大紫之時突然告別影壇，將梭椏道的房子改為傳道之用，每日聚集了一班教友，查經禱告，也四出講道，過着非常儉樸的屬靈生活。惜天不造美，八姊患上舌癌，堅持接納上帝安排，不肯就醫，痛極而死。

因食蛇說到薛覺先，由薛覺先緬懷起十三叔和八姊。往者已矣，歲月催人，桑田滄海，不禁感慨繫之矣。

## 蛇季談私廚

記得大約一九九六年左右，陳非先生在他專欄內談蛇宴，說現時創新風盛，以蛇為主料的菜式花樣百出，獨太史蛇羹尚未有人亂下手腳，想我這太史後人，應該安心云。（因無剪報對證，原文字眼，純憑記憶。）這是一番非常關切的恭維話，讀了感觸良深。既然在此重提蘭齋舊事，不妨又閒話食蛇。

其實我等孫輩卅一人中，我排行二十三，但只有我這不長進的，讀了書而無成就，竟改執鑊鏟。深知輩分低，有眾多兄姊在上，從不敢「也文也武」自恃為太史後人，獨力肩負捍衛正宗「太史蛇羹」之重任。

兩三歲便開始食蛇，食到今日這把年紀，已是垂垂老矣，意興闌珊。生時既晚，又未曾在蛇羹上下過功夫，何謂正宗太史蛇羹，如何做法，雖下廚多年，至今仍懵然不知。

五〇年代在崇基學院全工散讀，院址在堅道，偶然會在下班後與同事沿百步梯直下上環的蛇王林。曾在我家幫過廚的李明（李才之弟）在該店當個甚麼的，景況看似不佳。言談間他嘆道：「珠姑娘，如果你一味記住食過甚麼蛇羹的，那你以後甚麼蛇羹也不用吃了！」那時兩塊錢一碗蛇羹，在我來說是很奢侈，是好是劣，哪會深究？

一九七九年底應廣州飲食機關服務處之邀，到廣州與全市的名廚作交流，討論中西烹調之異同與世界飲食潮流。畔溪酒家特別饗以蛇羹，也嘗過北園酒家黎和師傅的拿手五蛇羹以及北京大三元的，每被請求提意見時，頓覺忸怩萬分，連連推說豈敢。但暗地會問，怎麼今日的蛇羹與以前在家中慣吃的，會這樣不同？

我只知以前的廚子，為一家人服務；現時的廚子，為商業飲食服務——

想就是不牟利與牟利之別。當慣私家廚子的，優游自在，不必承擔壓力，不用盤算成本，只要僱主滿意，絕對可以置輿論於不顧。如果僱主只是有錢而無名氣，又或財富及聲譽俱備而不好客，廚子縱有天大本領，亦不過傭工而已，勢難突破某一家族的藩籬，闖出重圍，揚名立萬。蓋當時傳媒不發達，公器鮮作私人宣傳，私家廚子若要廣為人知，全靠口碑而不能自我標榜。

先祖父不只精研飲食，尚慷慨好客，有請無類。多少軍政顯要、中外使節、四方商賈、騷人雅士，甚至各路英雄好漢，若是有緣，都可被邀作太史第之座上客。至交的更會請求「來借廚房」，在江家宴請自己的客人。這種情況比較特別，不常發生．要祖父反主為客，那是不可思議的。但多時會「借出廚房」，空出某一個晚上，讓廚子在家中先行打點一切，帶同助手上門到會。更有些慕祖父美食之名而苦無門路的，就只好使橫手去「借上借」

了。有了幾條不同的渠道，廚子的口碑就此傳開去。

那時的私家廚子不擅跳槽，大多忠心耿耿，莫不以能得祖父賞識為榮。我家先後有過三個上佳廚子，盧端、李子華及李才是也。李子華與李才共事過一個時期，可算師徒關係。李才從江家盛極一時做起，直至家道破落方被解僱，服務期間長達十餘年。之後李才輾轉流離，入過香港富戶，當過偽港督磯谷廉介的廚子，結果屈身在塘西居可俱樂部，鬱鬱不得志。後獲恒生銀行何添先生推介，入宏興俱樂部。至德輔道中恒生大廈落成，李才便當上博愛堂顧問之職。

我在美國風聞李才入博愛堂之事。到七九年回港定居，李才已去世多年。幸而因中文大學聯合書院的關係，每年

太史蛇羹嫡傳李煜林

在博愛堂有一次蛇宴聚會，方知李才有一侄名李煜林，十二歲起每逢周末便跟隨李才出外會蛇，六八年暴動後，李才帶他至蛇王源，親自教導。後來順理成章，叔侄二人移師博愛堂。今日之李煜林，實太史蛇羹之嫡傳也。

迄今入廚卅年，李煜林經驗豐富，所治蛇饌，深受資深食家推崇。又因恒生大客戶及職員眾多，交口相傳，李林廚藝之聲譽，不脛而走，無需賴傳媒吹捧而能自成一家。

李煜林有弟煜權，雖非直接由李才訓練，身手亦屬不凡。煜權走私廚路線，專做上門到會生意。有一年何添先生特別安排一席由煜權到他府上烹製的蛇宴，愚夫婦有幸列席。當晚的蛇羹水準甚高，其餘紅燒大網鮑及炆果子貍功力十足，炒山瑞絲的刀章尤其精細，火候控制恰到好處，手法直追乃兄煜林。

博愛堂是恒生銀行屬下會所，係私人性質，但每屆蛇季，煜林領銜之廚房，應接不暇，壓力定然不輕。不似煜權，每晚只做一席，逍遙自在。但若論名聲，接觸面較廣的煜林則更勝一籌了。

煜林在恒生已有廿年歷史，敬業樂業，不作他遷之想；而煜權生意滔滔，無日有暇。兄弟二人雖以蛇羹擅長，然受季節所限，勢不能憑一蛇羹而走天下，是故十八般武藝，件件皆能。若一如當今大酒家一些新派廚子，上電視，賣廣告，儼然以公眾人物自居，則決難有今日之成就。此亦私家廚子優越之處乎！

再一次求證於煜林，太史蛇羹因何與別不同。據云最大的特色是蛇湯與上湯要分別烹製。蛇湯加入遠年陳皮及竹蔗同熬，湯渣盡棄不要，再調入以火腿、老雞及精肉同製之頂湯作湯底，而上湯成色之高下，決定了蛇羹的質素。當然，刀工亦極為重要，雞絲、吉濱鮑絲、花膠絲、冬筍絲、冬菇絲及遠年陳皮絲俱要切得均勻細緻，再加上未經熬湯的水律蛇絲，全匯合在看似清淡而味極香濃的湯底內，加個薄荷便成。

至於佐料亦應一絲不苟。檸檬葉要幼若青絲，菊花瓣要新鮮芳香。可惜現時的薄脆全係行貨，南乳味過重，不若李才自製的薄而脆也。

## 正宗太史蛇羹傳人之爭議

在有關太史蛇羹數文中，我說到先祖父最後的一任廚子李才，七〇年代受香港恒生銀行禮聘為「博愛堂」餐廳顧問，訓練了一位侄兒李煜霖，將治蛇羹之道盡授給他，太史蛇羹方有嫡傳。我與李煜霖第一次見面是在一九七九年底，由何添先生介紹，說他是李才的侄兒，當時我完全沒有詢問李煜霖與李才是甚麼叔侄關係，我感興趣的倒是他怎樣向李才學藝，怎樣纔是太史蛇羹的正宗做法，更不會想到我就此牽涉到一場是非。一九九九年底蛇季，香港《明報》向李煜霖作訪問，並一連兩天登載有關李才、李煜霖和「太史蛇羹」的做法，當然也會提到拙作《蘭齋舊事與南海十三郎》。再過幾天，李才的兒子李焯輝先生在《成報》登了一則啓事，否認李煜霖為李才的侄兒。

既然李才家人出面澄清，自然是我寫錯了，在此趁機會向李家道個歉。不過，就算我祖父及三祖母在生也不會查問一個家廚的身世，更何況我當時只是個黃毛丫頭，怎會曉得注意這種大人的事。當何添先生向我介紹李煜霖是李才的侄兒時，我又怎會窮加追問這兩師徒是不是親的叔侄！

不知不罪。所以李焯輝先生雖然樂意向我們江家子弟提供李才與江太史第間之逸事，但我們不欲再多生枝節，沒有進行連絡。同樣，對這個誤會我也感到遺憾。還望李才家人見諒。

# 飲食世家的沒落

我們不曾當真享過祖蔭。家中最風光的時候我們可惜年紀太小，太不懂事。祖父一生的逸聞，只是道聽途説，是非黑白，更非我們所能分辨。

在這裡寫了許多，都是關於我們從小時至祖父去世前，江太史第內的飲食舊事，自己也像重溫一次兒時的美夢。一年一度的蛇季，多少勾起我們對祖父綿遠的追思。

在我們心目中，祖父有無上的威嚴。但在另一面，他卻有過人的幽默和諧謔。最值得我們敬佩的，是祖父樂天知命，隨遇而安的人生觀。他從一代食家的寶座，一跤摔下到無以糊口，也處之泰然，寧可鬻字維生卻不因名利而犧牲操守。

一九七五年十一月份的香港《大成》雜誌內，有一篇「江太史之

『古』」的文章，作者為高貞白。文內對祖父諸多侮蔑，直指祖父為土劣，又謂祖父曾意圖做漢奸賣鴉片，極盡詆毀之能事，且言之鑿鑿，江家人固不識高貞白為何許人也。

祖父向以豪邁見稱，為人疏爽不拘小節，樂於助人。清末革命黨人在廣州起義，枕骸遍野，無人敢為殮葬，祖父挺身而出與潘達微先生將革命烈士葬於廣州黃花崗（當時名臭崗）。此事固立碑於黃花崗七十二烈士墓陵之旁，至今仍存，大陸史書亦有記載也。

民國肇造以還，祖父以遜清遺老自居，誓不事二朝，謝絕官場。早年積極為英美烟草公司推廣業務，當南中國總代理有年，成績超卓。惜下一代不擅管理，致失去代理權，加上江蘭齋農場的長線投資，耗盡江家的浮財，中日戰事爆發，避難香港時家境已拮据之極。

廣州淪陷時，汪精衛着其侄汪希文在港游說祖父返穗任偽政府要職。祖父怒不可遏，立即登報與汪希文脱離翁婿關係（汪希文為當時已去世，我的十一姑姐畹徵之夫）。而高貞白則曰：「重慶方面已贈他港幣一萬元，聊可卒歲矣。」然則祖父此舉，果為金錢乎！

祖父素以交遊廣闊見稱，有請無類。由於搞洋務，外國使節及商賈均為其座上客。香港淪陷時，日軍駐於隔鄰莫幹生之住宅，時來妙高台我家騷擾。港督磯谷廉介以前因商務與祖父結上飲食之緣，一履任即遣人來問所需，祖父以不堪干擾對。磯谷即送來字條一張，着貼於大門上，並贈祖父白米兩大包。日軍自此不敢上門滋事。當時家無隔宿之糧，人人岌岌自危，足不敢出戶，正是生借無門，祖父豈忍坐視全家待斃而恥食日粟？

一紙平安符與兩包米，竟損了祖父的晚節。若非為此，祖父何須予人口實。這兩包米，我也吃過。一家廿多口，在最艱難的關頭，如無這兩包米，遭遇如何，不是我等今日所能想像。及港穗通航，全家立即遷回廣州，移口就糧，分居於蘿崗、佛山鄉下二地。而祖父不久亦因缺糧故，由港返穗。高貞白竟詆祖父因謀鴉片烟專利事不遂方作此行。

文人撰文，應有格。與高先生素未謀面，不審與祖父有何過節，致扭曲是非，對祖父作無辜撻伐，亦可謂刻薄矣。

反觀台灣出版之《廣東文獻》，一九七六年五月一日，第六卷第一期所載「江霞公太史軼事」一文（見附錄），開首即說：「吾粵鼎鼎大名的江霞公太史（孔殷），是一位突出的人傑、亦可稱怪傑，生平事迹，膾炙人口，可歌可泣；實書不勝書。」文內把祖父描述得神氣活現，褒貶均不離事實，與高貞白文相比，豈止雲泥！同是祖父而已。

廣州解放前，蔣介石堅請祖父全家移台灣，祖父以年邁見辭。蓋認為不曾做過國民黨的一官半職，那一黨主政，與一介平民不會有關連。惜忘卻自己是地主身份，卒死於獄中。

祖父以精食名，以兩包米喪節，而以絕食終。人生薤露，一至於此！我們仍以有一個這麼獨特的祖父而驕傲。一到蛇季，我們又可以告訴下一代，太史蛇羹的太史，就是你們的先祖。

而一日只要廣東人仍食蛇，太史蛇羹將永遠在食壇上留下美麗的一頁。

## 酒家緣

如果有人問，在「食在廣州」時代，那一家是我祖父最喜愛的酒家！我的答案也是：「一家也沒有。」

約在二〇年代，是江家光景最好的日子。只要江太史第有甚麼新菜式，嘗過的都會輾轉相告，甚或要酒家仿效烹製。以江家廚子的技巧和經驗，加上祖父對美食的刻意要求，外面的酒家決難符合祖父的水準。

當時的軍政要員，殷商巨賈，各路草莽英雄，無不以一登祖父的席上為榮。為維護他自己雄霸食壇的美譽，祖父不會輕易把客人帶上酒家去。不過，祖父宴客只限一席，若超過一席，寧可分次邀請。

但也有例外。遇家中有喜事要廣宴親朋，那便非光顧酒家不可了。以前的酒家，能筵開百數十席的，有如鳳毛麟角，其中以大新公司天台酒家獨樹一幟。酒家是設在公司的九樓，面積自然廣闊，有如香港的先施天台，想一些香港人尚留有印象也。

我母親在美國患癌時，在病榻上常為我女兒細訴舊事。據說我五伯父是和我父親同一年成婚的，擺酒的地方便是大新公司。祖父性諧謔，喜怒哀樂皆可入詠，母親還把祖父當日為擺喜酒而撰的一副對聯寫下：

兒債似山高，歎老父半百有多，發財未必，重怕添丁；
問幾時放下擔竿，只管見個做個。

世情如水淡，論朋友萬千以外，量力而為，不瞞知己；
借此地擺餐謝酒，無非人云亦云。

上聯果是幽默，兒子一個個成親了，做老爹的還要擔心自己添丁，重擔真的不知何日可卸。下聯豪意畢露，盡見江家當時氣派。

祖父的詩詞、美食和文采，在廣州一時無兩。他的風流韵事，在西堤的陳塘、東堤的紫洞花艇，到處留痕。而位於南關的南園酒家，更是祖父與一班騷人雅士吟咏唱和之所。南園門前，有祖父名聯一對：

立殘楊柳風前，十里鞭絲，流水是車龍是馬；
望斷琉璃格子，三更燈火，美人如玉劍如虹。

對聯一出，廣州文壇為之嘩然，譭譽不一。數十字之內寫盡花國之旖旎風光，工整之至，但引李後主憶江南一詞之「車如流水馬如龍」而改為「流水是車龍是馬」，有人認為近於抄襲。但「立殘」對「望斷」，確是神來之筆！

那時廣州仍行公娼制，東堤一帶的珠江河面，結集了無數花艇，裝置典雅華麗，巨宅富戶尚且不及。花艇旁附樓船，設有廚房，所治餚饌，精細有致，供人在花艇上召妓陪飲。美景下看美人嘗美食，不讓秦淮專美於前。

三祖母外家就是幹樓船生意的，故十二姑姐對花艇事知之甚詳，據稱當時以「澄鮮」一艇最負盛名。珠江風月，又豈能少祖父一份！他為「澄鮮」所撰對聯，婉約靈秀，真不明白祖父堂堂六呎之軀，豪氣萬千，而下筆細膩情深，輕俏絢麗，女兒家亦不過如是也。聯曰：

怕聽曲板當筵，流水大江，別有閒情淘不盡；
況對離樽今夜，酒闌燈炧，可無細語慰相思。

祖父縱有千種風情，亦有烟消雲散之日。英美烟草公司代理權旁落他人之手，維持蘭齋農場在在需財，祖父先是皈依密宗，繼戒了烟，連廚子也先後遣散，欒欄路的聯春堂蛇店，羅致了大廚李才，大賣正宗太史蛇羹。

中日戰事，我家避難香港，靠英美烟草公司微薄的車馬費度日，自無閒錢飲宴。後來祖父在上環集大莊開筆單，鬻字養家，每收筆潤，必着侍從亞坤扶他到大同酒家飲茶。當時大同有女招待，個個薄有姿色，祖父喜向最紅

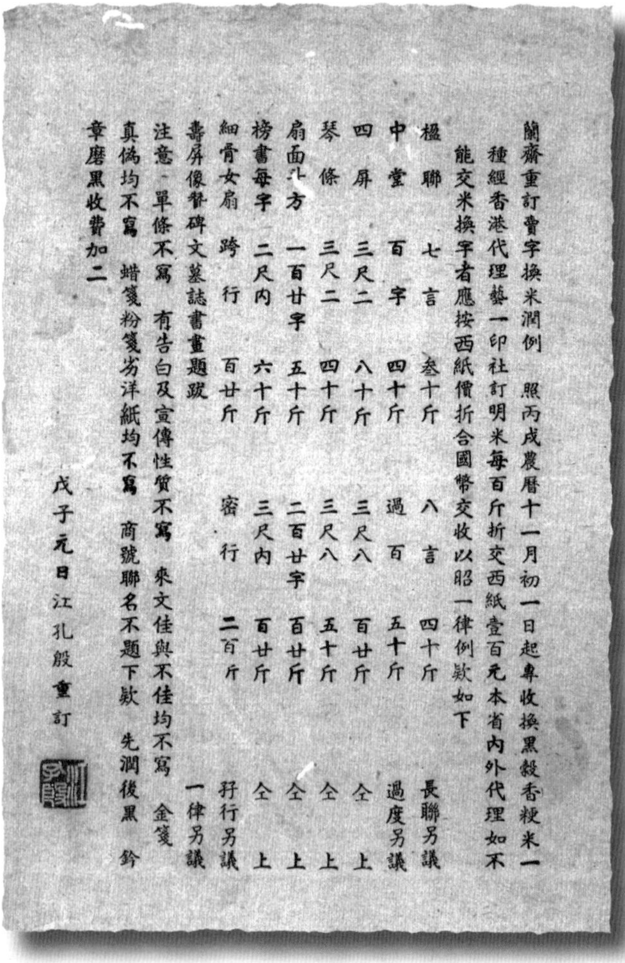
蘭齋重訂賣字換米潤例　照丙戌農曆十一月初一日起專收換黑穀香粳米一種經香港代理藝一印社訂明米每百斤折交西紙壹百元本省內外代理如不能交米換字者應按西紙價折合國幣交收以昭一律例欵如下

| | | | | | |
|---|---|---|---|---|---|
| 楹聯 | 七言 | 叁十斤 | 八言 | 四十斤 | 長聯另議 |
| 中堂 | 百字 | 四十斤 | 過百 | 五十斤 | 過度另議 |
| 四屏 | 三尺二 | 八十斤 | 三尺八 | 百廿斤 | 仝上 |
| 琴條 | 三尺二 | 四十斤 | 三尺八 | 五十斤 | 仝上 |
| 扇面斗方 | 一百廿字 | 五十斤 | 二百廿字 | 百廿斤 | 仝上 |
| 榜書每字 | 二尺內 | 六十斤 | 三尺內 | 百廿斤 | 仝上 |
| 細骨女扇 | 跨行 | 百廿斤 | 密行 | 二百斤 | 孖行另議 |

壽屏像贊碑文墓誌書畫題跋　一律另議

注意　單條不寫　有告白及宣傳性質不寫　來文佳與不佳均不寫　金箋真偽均不寫　蜡箋粉箋劣洋紙均不寫　商號聯名不題下欵　先潤後黑　鈐章磨黑收費加二

戊子元日江孔殷重訂

江霞公太史賣字潤例

的幾個女招待調笑，意不在飲茶也。

大同的經理馮儉生先生，對祖父尊敬有加，時常拒不收費，但祖父堅要付足，賞女待的小賬尤其豐厚。到日入困境時，祖父乃輟足大同了。馮先生是有心人，不欲傷祖父的顏面，每每藉故便着管侍黎福乘的士送應時食物來。從中環到妙高台，片時可到，點心食品，熱氣尚留，且每送必豐，家人在窮困之中，仍有機會享受美食。

後來祖父為大同酒家書寫招牌及一對對聯。馮儉生先生之公子馮秋鑾是我在崇基書院求學時的同學。我從美國回港，他告我大

澳門龍記內掛着的「廣能秀齋」的牌匾

同拆後不久，馮先生去世，黎福自立門戶，亦物故多時矣。大同酒家之招牌，至今仍由秋鑾保存。世事多變，思之能不慨然！

祖父雖然鬻字，卻甚少為人書寫招牌。除大同外，廣州長堤七妙齋為其二。今日之酒家仍懸掛祖父墨迹者，只餘澳門龍記一家。站在從地下引至二樓的樓梯上，便可見到牆上掛有一幅「廣能秀齋」四字的牌匾，字體娟秀飄逸，兄弟姊妹們每到龍記，必駐足欣賞，流連不忍去。

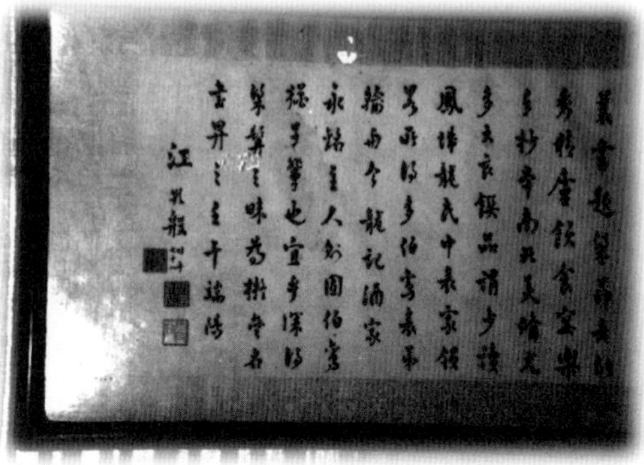
字體娟秀飄逸的江太史墨蹟

祖父有誼女陳禮和，係抗日英雄譚啓秀將軍之太太，光景甚佳。知祖父好食，常帶我們全家到莊士敦道口的「蜀珍」川菜館進食。當時川菜並不流行，祖父口味素廣，毫不隨俗，啖而甘之。後來且常飭亞坤去買湯丸回家。記得湯丸是盛在有格的紙盒內，大大的一個，想係現時叫得半天響的「賴湯丸」。

禮和誼姑姐又帶我們去電車路安樂園隔鄰之海鮮公司食西餐。龍蝦沙律和海鮮大會都是祖父的心愛菜式。

祖父與我們共渡了一個頗長期間的苦境。口味隨年事增長而日趨清淡，食事凋零。後來祖居收歸國有，家內裝置全部被拆，改建成今日的廣州「北園」。我於開放後隨外子回國講學，要求一訪故居，只見雕欄玉砌，蕩然無存，餘下頹垣敗瓦，觸目驚心。

當晚我們在「北園」宴客，事前全不知「北園」係依足我家的設計而重建。一踏進大門，有如返家，日中之愴痛未忘，忽爾重睹家園，不禁失聲大哭！老師麥華三勸慰再三，悲懷方始稍抑。

回港後寫成「從太史第到北園」兩篇，刊登於《飲食世界》雜誌。才子韓中旋為此調寄浣溪沙詞一闕：

花事停聞三十年，舊家庭院夢魂牽。春風何處醉歌筵？
太史勞形歸影杳，恩師好語賴心傳。人生涕笑豈無端。

倏忽十一年。我們這一代苦苦掙扎，腳踏實地，總算兒女成行，且下一輩人人學業有成，足堪告慰祖父於泉下。家早破，視「北園」為家，又有何不可乎！

# 太史食詩

大約在《蘭齋舊事》連續登載於《飲食天地》雜誌後不久，我隨十七姑姐畹英到堂姐守平家中清理十六姑丈郭文泰的遺物，發現有祖父的未完成詩稿，寫在一張有間條的精緻古宣紙上，想係在逃難至香港居於羅便臣道妙高台，祖父鬻字維生時為求墨寶的人所作。此字條無上下款而且只得三行，所咏完全與美食有關。可見祖父口味之廣並不限於一道蛇羹，對南北中外的飲食都有品嘗經驗，過口不忘，還能詳為道出。祖父字體韶秀，結合楷、行、草三體，自成一格，釋文之小字更為難讀，除將原文印出並轉錄如下：

詩句

食譜蘇為第一流

解人三鼎共全牛

九龍客過還重嚼

解釋

（獻珠按：此句並無釋文，意謂食製以江蘇為第一，其實是指上海）

曩於北地俄國餐室饌品最喜白魚子白魚鮓鮮蝦蟆白及凍盤中之全牛肉食品

主人自羊城遷肆至九龍

么鳳儂歌不再謳　鳳城馮女生璧媛與吳季子數約余及子叟會食於此聞兩月前己雙飛北渡

西白蘭盤歎肉味　初次歐戰後法國郵船餐室盤頭饌品銳減每食必不飽俄國則異是

東青萊饌擅殽羞　東（山東）萊（陽）青（島）人多擅製俄國饌

酒壚七七珠江路

六二三長供饅頭　余生平不慣大米飯學佛後戒殺生斷嗜好始粒食迄今祇六閱歲耳向居珠江之南日伺港輪泊岸送威士文麵包至乃得閱歲耳向居珠江之南日伺港輪泊岸送威士文麵包至乃得食自六二三路俄國餐室開設麵食尤美備供給殊便七七事變後肆遷九龍余家亦遷此猶渡江時購麵包精點。

我十六姑姐守寡後，入了安老院養老。一次我去探望她時，她從皮篋中拿出一錦冊送給我，內有祖父食詩兩首，計算時日該是光復後之作，時值姑姐夫婦歸寧為祖父賀壽。壽筵為素筵，詩名為「生朝素食」，原文如下：

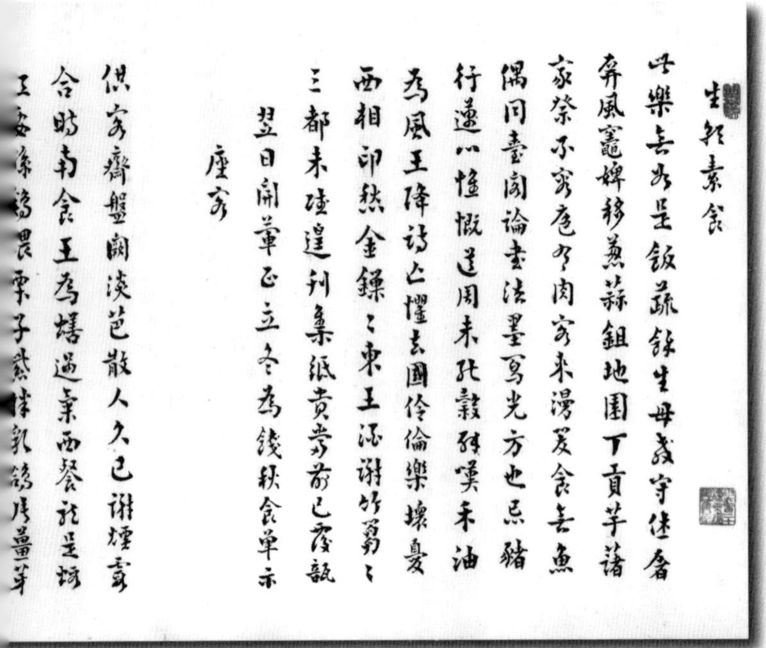

生平素食

吾樂吾為是飯蔬餘生毋義守佳肴
棄風竈婢移蒸蒜鉏地圃下貢芋藷
家祭不容庖宰肉客來湯炙食吾魚
偶同臺閣論書法墨寫光方也點豬
行遠八陸慨遂周未能穀殊嘆禾油
為風王降詩亡懼去國伶倫樂壞憂
西相印然金鑠之東王泜謝於蜀之
三都未達遑刊集紙貴夢前已霞飄
翌日開葷正立冬為錢秋食單示
座客
供客齋盤開淡芭散人久已謝煙霞
合時南食王為嬉過棄西餐就是嫌
王安條鵝畏栗子蒸蟹熟鵠肥薑芽

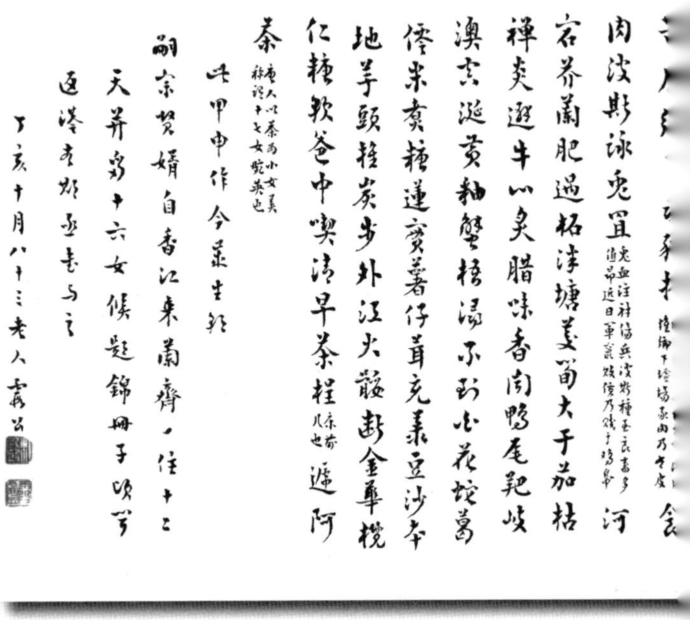
嗣宗賀婿自香江來蘭齋一住十二
丁亥十月八十三老人

此樂無如是飯蔬　餘生毋教守休屠
屏風灶婢移葱蒜　鋤地園丁貢芋藷
家祭不容庖有肉　客來漫笑食無魚
偶同台閣論書法　墨寫光方也忌豬
行邁心惟慨道周　未能穀辟嘆禾油
為風王降詩亡懼　去國令論樂壞憂
西相印愁金鑠鑠　東王酒謝竹篘篘
三都未賦遑刊集　紙貴當前已覆瓿

翌日開葷正立冬為餞秋食單示座客

供客齋盤闕淡芭　散人久己謝烟霞

合時南食王為鱔　過氣西餐龍是蝦

紅要孫雞煨栗子　紫拌乳鴿片薑芽

帶皮鄉下尋豬擔　淪陷後皮革均偽軍徵用惟鄉下墟場豬肉乃有皮

食肉波斯咏兔罝　兔血注射傷兵波斯種至良畜多值昂近日軍竄敗價乃賤於雞鴨

河宕芥蘭肥過柘　泮塘茭筍大於茄

枯禪災避牛心炙　臘味香聞鴨尾巴

岐澳空涎黃釉蟹　梧潯不到白花蛇

葛仙米煮糖蓮實　薯仔茸充綠豆沙

本地芋頭推炭步　外江火腿斷金華

欖仁軟糖爸中吃　清早茶桯遞阿茶

桯床前茶几也。唐人以茶為小女美稱謂十七女晼英也

此甲申作今歲生朝

嗣宗賢婿自香江來蘭齋一住十二天並留十六女候題錦冊子頃聞返港有期亟書與之

丁亥十月八十三老人霞公

從第一首的無題無款詩，可以看到祖父早年對美食的追求。他所提的三白，大家都知俄國魚子醬有黃有黑的，但祖父說是白色的，白魚鮓大概是醃鹹了的白肉魚，鮮蝦蟆白又會不會是新鮮的蝦士蟆？頗耐人尋味。就算以之為主食的麵包，也諸多挑選，以俄國麵包為最佳。記得家中常備黑麵包、荷蘭的豪達乳酪（gouda cheese）和英國的珍珠餅（shortbread）。家常飯餐中西兼備，最合祖父口味的免治牛肉卻是奶油薯茸圍在碟邊，牛肉與雞肝混合剁碎炒香加個蠔油寬荽，放在碟中央，正是最前衛的「融匯食製（fusion cuisine）」。可惜這詩沒有寫完，否則會有更多有趣的食事。

在為文泰姑丈錦冊題詩時，祖父已是風燭殘年，寫的字已無復昔日的秀麗，況家計極度艱難，壽筵改了素食，亦甘之如飴。我國學根基不好，詩中很多典故不甚了了，大概說自己此後以蔬菜白飯為樂，從此不再殺生，葱蒜五辛之類亦不用，園中種芋種薯，就算家庭祭祀也不容許有肉類，有客人來也沒有魚，有朋友來談論書法，連「墨豬」也要避忌不談，但人是始終要吃的，以現時的景況，連刊行詩集也不敢想了。

詩的後半談生朝翌日開葷的菜單，說自己久已食素，以菇饌饗客。其他的菜色有鱔王，嫩雞煨栗子，薑芽鴿片，（有皮）燜豬肉，河宕（音蕩）芥蘭，泮塘茭筍，炙牛心，但沒有令人垂涎的石岐澳門出產的黃油蟹，也沒有梧州來的白花蛇，甜品有葛仙米煮蓮子，用薯茸做的充頭綠豆沙，說到本地芋頭最佳的要推產自炭步，外省火腿便要算金華了，為父的最愛喫欖仁軟糖，清晨享受最小的女兒遞一杯茶放在床邊的几上。

這菜單不算精美，但以當時的家境下，已屬很難得的了。

這兩首詩我讀完又讀，總結祖父一生，富甲一方，權勢俱備，以食名聞百越，結果在廣州易手後，因地主身份被押回鄉收監，絕食而死。蘭齋舊事不過是我兒時的記憶吧了！

# 附錄

## 林光灝寫江霞公太史軼事

獻珠按：余生也晚，一世紀前先祖之事迹，讀台灣出版之《廣東文獻》，一九七六年五月一日，第六卷第一期之「江霞公太史軼事」一文，方始了了，特在此轉載部分。

吾粵鼎鼎大名的江霞公太史（孔殷），是一位特出的人傑，亦可稱怪傑、生平事迹、膾炙人口，可歌可泣；實書不勝書。他的交遊甚廣，不論上中下流人物，他均能分別與之往還，上至本國元首，下至蹲在街頭的乞兒，與不為當日士林所齒之「優倡隸卒」他均能蹲在地上與之縱談，屈伸皆能自如，甚至各江的「大天二」，與之亦做朋友，真非常人所能及。不特廣東各界人士認識他，即外省知名人士，與他亦多相識。民國初年到北京，覲見過袁世凱，晚年與蔣公更多往還，友邦人士聞其名而踵門領教，與訂交者，不計其數。壯歲有用世之志，相當熱中。清末，想做廣東水師提督；民二，又想做廣東省長。兩次均功敗垂成，長才未展，人每惜之！其一生遺聞軼事，正如一部二十四史，不知從何說起。

## 一、營茶致富．號稱百萬

太史姓江，名孔殷，字少荃，粵之南海人，年少時好動，終日如蝦之跳，時人給他的綽號曰「江蝦」，他遂另起別號曰霞公，其意取霞字與蝦字可以諧音也。先世業茶致富，在同治，光緒年間，其尊人號稱江百萬，其時生活程度低，物價廉，有百萬家財者，可與今日千百億台幣相比擬的了，何況霞公是兼祧其叔父後嗣的，承受兩份家財，其早年財富之巨，可以想見。

## 二、猴子轉世．額上留痕

霞公有高大的身軀，雄偉壯實，雙目炯炯有光，望之氣象萬千。且有豪邁的性情，自言未誕生之前，其太夫人夢見一巨猴，投入她的懷中，驚醒後，胎即作動，太夫人說他在胎中打了幾個觔斗，然後呱呱墮地，可知他在胎中已經是很跳皮的嬰孩了。初僱一乳媪撫育，斷乳後，仍留此乳媪當褓姆。三歲時，這乳媪手持鉸剪，正在剪裁衣服之際，矇矓中忽見一巨猴，撲至其身邊，乳媽大驚，立即以手上所持鉸剪擲去，中其右額，審視之，原來不是猴，而是霞公，幸而尚非擊中要害，損傷額上外皮而已。故霞公右額之上角，終身有一痂痕。其人身長，手亦特別長，右手能繞過頭腦之後，轉過面目之前，自摸其右耳，左手亦能如此摸其左耳。說者謂此亦猴子形的憑證。霞公是猴子托生，不特他自己承認，擅長看相者，都是如此說，真可謂「不可思議」，要難倒科學家了。

## 三、闊佬響炮．過海神仙

霞公少年時，讀書並不很用功，所以他的學問也很尋常，但賦性則聰敏過人，每每可能不學而知，所為文章，開門見山，氣勢如長江大河，滔滔不絕，古文及駢體文，則非其所長了，吟詩是他的天才，作詩鐘亦出色，漢壽易實甫（順鼎，即易君左教授之父）素有鐘王之名，對他亦甚稱許。十九歲（癸未年）入邑庠，二十九歲中（癸巳科）舉人，三十九歲中（癸卯科）進士，翌年入翰林，「逢九」利在科場，亦一奇事。霞公一生揮金如土，未中進士之前，在社會上有「闊舉人」之稱。他繼承父業，所有的乃是「金錢」。應考鄉試之時（即考舉人）出重資請著名槍手鄭玉山（名權）替他入場考試。而他自己亦技癢，亦以低廉的代價，替別人入場做槍手，是年鄉榜揭出，兩者皆中式，霞公大喜過望，擬一聯自炫云：

「作手請槍，要瞞人非為好漢；
闊佬響炮，過得海便是神仙！」

因不能文之人然後請槍，寒士乏財，然後出賣自己做槍手，霞公自命是作家而仍然請槍手，又是銀主反串做槍而能響炮（注：響炮是槍手得中），兩樣皆屬難能可貴，左右逢源，真足以自豪。此是霞公二十九歲時之快事，晚年與客人話及早年這件玩意，依然眉飛色舞，並不自諱。

## 四、清末最後一科進士

光緒二十九年，歲次癸卯，是大比之年，亦是清朝最後一科的會試，此後即廢去科舉制度，改辦學堂了。結果是霞公中了。是科狀元是劉春霖（即一甲第一名進士）；探花是粵人商衍鎏（即一甲第三名進士）；前行政院院長譚延闓與霞公是進士同年。日後譚氏率湘軍至粵，與霞公往還最密，其淵源是由年誼而來。

據粵中老前輩傳述：霞公之會試，確是由順德羅癭公做槍手的。此事經過是這樣的。癭公是有名的才子，是科他替別人做槍，在試場中遇見霞公，彼此既是粵籍同鄉，自然是攀談一下，羅癭公僅係中過副榜，未中舉人，他未有應考之資格的。霞公自少是頑皮之人，戲謂癭公曰：「你入場做槍，是犯法的，我要檢舉你。」癭公曰：「你檢舉我，於你有甚麼好處？徒然損人而不利己，智者所不為。」霞公曰：

「我知道你的文章好，我自問不如你，檢舉了你，我少一個有力的敵人，這便是我的好處。」霞公除了恐嚇作用之外，兼用高帽政策。瘦公默然不答，霞公繼曰：「我一定檢舉，決不罷休！」霞公故作驚人之筆，咄咄迫人，說話的聲音，越來越響亮。瘦公知道霞公的脾氣，遇有機會來臨，總要佔些便宜，不肯輕易放過。瘦公乃曰：「彼此老友，凡事容易商量，你既然賞識我的文章，我無條件替你做槍手！但我此次入場，是替人做槍而來，勢難寫作兩本卷之多，我所負責之槍，請由你隨意替他寫作，我則用全副精神做你的槍手便是。」霞公大喜，遂定議。後來放榜，兩本卷均中進士，霞公名次在二甲，瘦公經手所接之槍，亦名列三甲，霞公之卷（瘦公代替作者）是閱卷總裁張百熙所取中；其他一本（即霞公所作者）是閱卷總裁瞿鴻機取中（張，瞿均湖南人）。因瘦公仍然響炮，有利可獲，霞公可以不必另外酬勞癭公，此亦晚清科場舞弊百態中之一端也。

## 五、衣錦榮歸·無盡風光

霞公成進士之翌年甲辰，入翰林，回鄉謁祖，此時真是說不盡的風光，翰林算是大紳士，照習慣，必改用大張紅色的名片，高約八九寸，闊約四寸零，頂格寫滿「江孔殷」三個大字。先期印發報捷的所謂「報條」逾一千份，分送全省的官紳及遠近親友。過了數天，霞公又坐着四名轎伕的大轎，轎前轎後有所謂「跟班」，前呼後擁，到四處拜客。除了長輩，親戚，老師與在籍的巨紳，乃至本省的大官，兩廣總督以下，三司六道，首府兩縣，新科翰林可以頂門拜會，總督是一省之諸侯，亦可分賓主而坐，可謂體面十足。並且還要另定日期開賀，官紳親友自然錦上添花，大多數送紅喜幛，懸滿太史第中，府上乃大排筵宴，中午開麵桌款客，是開流水席，隨到隨開。晚上開翅席，分為「頭度」與「二度」，即是可以宴飲兩次。在府第的東花園，蓋搭戲棚，日夜演劇助慶，極飲食之盛，視聽之娛。正是春風得意，衣錦榮歸，太夫人在堂，為之笑逐顏開。在昔日太平盛世之時，此情此景，非今世之所有也。

六、斥資報捐．江蘇候補

光緒三十一年歲次乙巳，清廷任用西林岑春寧為兩廣總督。西林用關書禮聘汪兆鏞（憬吾）為幕賓。當初山東張鳴岐亦同在幕府，此外尚有江蘇人岑盛之，皆「紹興師爺」之流也。霞公是時常到督署拜會岑督及鳴岐，因此與憬吾亦常有應酬及唱和。張鳴岐與霞公頗有緣，彼此很談得來，但霞公不為岑西林所喜。霞公平時與客談話，除了跳動之外，喜用右手頻頻抓其左膊。前清紳士見總督，雖然可分賓主而坐，但岑西林是勛爵後裔，昔年勤王有功，慈禧太后聖眷正隆，岑氏脾氣很怪，不喜霞公之行藏舉動，認為不恭。霞公去後，岑西林對汪憬吾說：「此人舉動如此，太不像翰苑中人，我是光緒戊子科舉人，你是己丑恩科舉人，相差僅一載，吾二人二次會試皆下第，我不明白擔任考試的大總裁，竟會取中這樣的進士，科舉真非廢不可了」云云。西林對霞公的印象如此，便不會賣他的帳，凡所請托，概予拒絕。霞公時正在壯仕之年，志在用世的，在粵既難得意，更不願北上做一窮京官，於是，斥資報捐候補道，加捐二品銜及花翎，赴京覲見清帝，指省江蘇，出京即到南京報到，因當時南京是兩江總督的所在地。

前清時的南京，市政不修，向來有「三多」之名，即：臭蟲多（又名南京蟲），騾馬多，候補道多是也。候補道既然如此之多，又無奥援，想活動是不容易的，霞公在南京住了幾個月，感覺無聊，又賦南歸矣。

## 七、太史蛇羹．馳名遠近

光緒丙午年秋冬間，清廷內調岑春寧入京，就任郵傳部尚書（等於交通部長）。後此數年，先後繼任兩廣總督者，為袁樹勛、周馥、張人駿三人。此三人與霞公皆無淵源，故亦無若何的活動。迄宣統二年庚戌之冬，張鳴岐由廣西巡撫調任兩廣總督，舊雨重來，霞公大喜，認為好機會來臨了，他長袖善舞，又素以擅長交際名於時，對於飲食，尤為講究，江太史的廚師，享譽至今不衰，太史蛇羹，成為廣東最有名的食譜。蛇之為物，吾人從來認為是毒物，至今外省人亦多不敢下箸，有若干外省朋友到香港，聞粵人食蛇，有似談虎色變。其實六七十年前，華南亦無此風，完全是由霞公開風氣之先，由他發明倡導的。當初所食之蛇，係由野外捕捉而來，自從蛇羹盛行之後，兩廣地方，居然有農民靠蛇維生，令其繁衍，俟秋令蛇肥，乃大量運到省港澳發售，可以解決一家生計，此輩農民，可謂沐霞公之恩不淺矣。

按江府廚師製蛇羹之法，據曾親入太史第廚房參觀者言：製法原來簡單得很，主要工作在拆蛇肉時，要特別小心將蛇骨除去，不使有一絲之骨留存。此外，則殺雞二十頭，和豬肉二十斤，加多量金華火腿，煮成厚味的上湯，待至雞豬火腿味道出盡之後，原肉去之不要，將此上湯燴蛇肉，再加上「上好」鮑魚絲等配料，太史蛇羹即告完成，即可端上桌面，給人們享用。

## 八、在籍翰林．清鄉總辦

滿清最後一任之兩廣總督張鳴岐到粵後，霞公自然與之往還最密，大小宴會是應有之義，以蛇酌宴客，亦開始於其時。霞公手段闊綽，常以書畫、圖章、瓷器等名貴禮物，致贈與張督，俗語說得好：「人心是肉做的」。霞公給張鳴岐的印象太好了，張竟認江孔殷是粵紳中首屈一指的人才，要想辦法替他捧場，使其出仕。前清的官制，亦有其優點，即規定本省人不能在本省當文官（督撫三司六道，及府州縣的官都是文官），而且是硬性規定，出仕必須迴避本籍，以免其在本省作弊，難於監察。獨武官是不管民政的，故特許本省人可以做本省的武官，不在取締之列（提督、鎮、協將、參將、都司、千總、把總等，均是武官），武官只負帶兵之責，而且要受文官的節制，不能過問政治。知縣雖然是正七品的文官，戴金頂而已，鎮協是二品武官，戴紅頂的，但實缺知縣的威風與權力，均在鎮協之上。

其官制倘有特殊原因，亦可破例由文改武，或由武改文，即如同光之間的山東巡撫張曜，是目不識丁的，一生當武官，積功洊升至提督，提督是從一品最高的武官，無可再升的了，仍須受督撫的節制，張曜因剿拈匪功大，應該要升官了，以升無可升，乃改途做文官，升任山東巡撫，此一例也。又如廣東水師提督李準，四川人，原是廣東候補道，是文官也。歷任兩廣總督，以其長於兵事，當初委他為水師統巡，負緝捕匪類之責，是以文官而掌武事，亦因歷年積有剿匪功勞，由候補道升任廣東水師提督，後來一度兼任廣東水陸提督，李準是由文官改為武官的。

江霞公是廣東在籍翰林，江蘇候補道，依例不能在廣東為司道文官，兩廣總督張鳴岐既願替霞公捧場，使之出仕，乃先要派霞公為廣州清鄉總辦，撥軍隊數營，交他統率，俟其辦理清鄉緝捕有效，即擬奏請清廷，援李準之先例，准霞公以文改武，並保薦其接任廣東水師提督一缺，一方使人諷勸李準運動調升巡撫，準備讓出廣東水師提督一缺與霞公。此事由張鳴岐、李準、江霞公三人，三面言明，三面允肯，彼此同意，醞釀已歷數月，李準於宣統辛亥年三月二十九日之後，與張鳴岐鬧意見，更加速其轉任外省巡撫的念頭。

## 九、霞公命造．為刑合格

霞公生於前清同治四年（西元一八六五）農曆九月二十一日寅時，其八字為乙丑、丁亥、癸未，甲寅。據星相家謂是刑合格。中年行巳午未三十年火運，自應財源滾滾而來。上六十一歲以後，氣轉東方，八字內木多，再行東方運，嫌其洩氣，從此運程轉趨下坡。八十六歲交入寅運，再遇庚寅流年（一九五〇年），寅運寅年，書云：歲運併臨，災殃立至。是年人民鄉政府派人到廣州逮捕霞公時，霞公是跛了右腿的（按：民二十六年農曆四月初八佛誕，又名浴佛節，霞公夙與六榕寺鐵禪和尚友善，是日晨起赴六榕寺禮佛，與鐵禪暢談良久。及辭出，在六榕寺門外下階時，偶爾不慎，竟跌一交，竟將右腿骨跌斷了，本來即刻入院醫治，可望將骨駁回，但霞公不信西醫，延請佛山跌打名醫李廣海診治，結果傷勢雖好，右腿卻永遠是跛的了！），勉強被押上廣三鐵路火車，到了佛山附近的朗邊站，霞公已不能行，佛山鄉政府人員乃強令霞公坐在竹籮內，命兩人肩抬到鄉政府，擬向他疲勞審問，以便清算。霞公自知不能免，瞑目不作答，或答非所問，佯作神經狀態，謝絕飲食，乃是百分之百的絕食而死。此時他家中，無隔宿之糧，僅用四件漏水板，將其遺體草草葬在鄉間。如此結局，可謂慘矣！

# 讀者珍貴的來信

二〇〇〇年二月初收到一位讀者從蘿崗洞寄來的信，讀後很多感觸也十分興奮，原文如下：

江女士，您好！看了你的書很有親切感，懷舊感，因我是蘿崗洞人，你十三叔及繩宙及繩武等小時候和蓮潭的兒童們捉魚打雀，江農場在蓮潭有間蘭齋別墅，你的八祖母常住這裡，你三祖母偶有來住，你的祖父在蘿崗辦農場是由火村一位叫鍾學銜的人介紹的。鍾學銜是蘿崗小火車的創辦人，聽說他在廣州搭快車回南崗站，快車都要在南崗站停給他下車的。（獻珠按：這位鍾學銜先生在當時一定很有面子，連不停南崗站的廣九快車也要破例停給他下車，難怪他能為祖父安排在盜賊如毛的蘿崗開設江蘭齋農場！我們第三代的江家子孫，都不知道這個淵源的。）

你說不明白你家逢大年初一都吃齋的，我們蘿崗人逢大年初一也是吃齋，而且用生菜葉包來吃，我們叫它生菜包。關於荔枝菌由來，是由地下的白蟻竇生的。荔枝菌我鄉叫五月菌，又叫龍船菌，這種菌不是只在荔枝地纔有的，山地、河堤都有。

前幾年你江家的人到過蓮潭墟探望歡叔，歡叔是當年江農場的伙記。江女士，我們歡迎你有暇在荔枝時節到蓮潭墟食荔枝同時又食你們說的天下最美味的荔枝菌。祝您健康！

鍾浙派

二〇〇〇年一月廿七日

信上還附有兩則打油詩，其一為「荔枝菌頌」：

端午時節粽飄香　蟬鳴荔熟賽龍時
龍船鼓一響　荔菌破土時

其二為「憶蘿崗梅」：

蘿崗香雪已除名　只因當年糧為重
少食青梅多食米　便判梅樹上刑台

讀完這封信，百感頓生，兒時在農場的快樂日子，依稀似昨，如今人物俱非，何堪回首！記得鍾家是在我家碉樓後面，算是蓮潭的大戶，庭園頗大，宅旁有個魚塘。日本轟炸廣州時，江家人避至蘿崗，居住地方不敷應用，曾向鍾家租住庭園一部分，堂兄弟們得與鍾浙派同玩耍，就是這個緣故。

我一向猜測荔枝菌是長在馬獸肥料堆上，殊不知是長在白蟻堆上的。後來關培生先生送我一則未定稿有關雞㙡的資料，纔知道荔枝菌是雞㙡的別名，於是真相大白。真要多謝鍾先生。

我在拙作中提及江家人夏天到農場吃「霧水荔枝」，冬天在月色下賞梅，從鍾先生的憶梅詩，知道梅林己夷為稻田，舊時的江蘭齋農場，想不再留半點痕迹矣。

# 下篇　一　南海十三郎傳奇

# 「南海十三郎」始末

南海十三郎攝於曲江（廣東韶關）勞軍時

一九九八年一月，外子應香港中文大學之邀，從美國回校講學一學期。甫抵港即有親朋戚友和學生向我們爭相詢問話劇和電影《南海十三郎》的劇情是否真實，與其人其事相距有多遠。我頗覺意外。後來看電視台播映「十大廣告頒獎典禮」，見飾演南海十三郎的謝君豪上台頒發獎項，司儀稱他為

「金馬影帝南海十三郎謝君豪」時，我纔恍然大悟為甚麼大家對我十三叔這樣有興趣。

我在一九九三年回港參加《南海十三郎》話劇首演後，一直沒有留意該劇的發展，只知在一九九四年曾重演，一九九五年拍成電影。一九九六年底我又隨外子回聯合書院服務，編劇杜國威還答應送我一份可以在美國放映的錄像帶。當時我們行色匆匆，杜國威事忙，這事就此擱下。聞說一九九七年第三度公演，同時發行電視版。這次回來，得悉電影《南海十三郎》主角謝君豪榮獲一九九七年第三十四屆台灣電影金馬最佳男主角獎，杜國威亦因此片獲最佳編劇獎。他的舞台劇本暢銷一時。不少朋友，看過舞台劇，又看電影兩三次。

《南海十三郎》一劇的資料當初由我及兩位兄弟三方面分別提供，劇本內有那些地方是編劇者的綜合、想像和創意，讀了「蘭齋舊事」，便可以找到端倪，或者因而更能欣賞杜國威的才華。

記得是一九九三年農曆元旦後，中文大學邵逸夫堂的經理蔡錫昌先生來電話說，編劇家杜國威想寫一齣有關我叔叔南海十三郎的話劇，可惜手頭沒有一手資料，希望我能予以協助。當時我毫不考慮，立刻答允，約定翌日在我們宿舍會面。第二天，杜國威和古天農同來。我們從早上談到中午，中飯後又談了幾個鐘頭。我把從小知道的十三叔，絕無保留地和盤托出，連十三叔時常講給我們小孩子聽的笑話也說出來。他們一人問，一人在小本子內記些簡單的筆記。我又把曾在香港《飲食天地》雜誌連載一輯專寫江家食事的文章——「蘭齋舊事」的複印本送給他們參考。這些資料加上我口述的事實，後來便構成了《南海十三郎》劇中，從第一幕失鞋報警起至抗戰止這一段。

我又介紹他們認識堂兄江繩萬和堂弟江繩宙，他們也分別約見萬哥和宙弟。萬哥一向從事粵語製片，藝名江曼，曾追隨十三叔有年。十三叔在粵劇及電影編劇之遭遇，知之至詳。萬哥亦和我一樣，十分樂意幫忙，知無不言，言無不盡，連他珍藏十三叔的剪報和照片，也全無條件借出。萬哥供給的資料，是十三叔曲江組織救亡粵劇團一段。劇中所穿插的艷舞一場，其中人物，呼之欲出。雖然誇張了些，卻非憑空捏造。唐滌生拜師（註）一場，是全劇的高峰，杜國威寫得好，謝君豪也演得妙。至於唐滌生有沒有向十三叔拜師，何時或何地拜師，我們不太清楚。

抗戰後十三叔潦倒香江，石灘橋跳火車，是自殺還是意外，除了十三叔自己，連江家人也不能肯定。他在醫院留醫多時後回家。這時他神經已不大正常。及廣州易手後，十三叔來港，躑躅街頭，衣食無着，棲身無所，終日喃喃自語，有如瘋漢。流浪了十多年，進出西營盤精神病醫院多次，結果被送入青山精神病院。

在青山這一段時期，繩宙弟經常探訪十三叔，他是江家人和十三叔之間的橋梁，我們賴他傳遞消息。我在一九六三年赴美深造，一位朋友曾寄我一小段十三叔在他的專欄內所寫送我出國的七絕詩，祝我早日學成返港。文內其他部分，文筆雖然流暢，但語無倫次，說的都是抗戰時的事，讀來覺得拉雜無章，沒有多大條理。我猜想他這時已離開青山。

後來他在寶蓮寺當知客，專事招待外賓。這是十三叔在廣州易手後，生活得最正常的日子。後來可能精神狀況有變，他又再回到青山。一九七九年外子到中文大學執教，我們從美回港定居。記得那年，一位《成報》的記者想去青山訪問十三叔，他拒不接見，還不時打電話來向我埋怨，說記者擾他清淨。通過宙弟，我們經常都有十三叔的消息。《南》劇中青山和寶蓮寺這一段的資料，是由宙弟供給。宙弟很會說故事，由他道來更見娓娓動人。

話劇《南海十三郎》首演那晚，杜國威邀請了在港的江家人，並現場向我們一家致謝。是劇長達三小時，毫無冷場，幕幕扣人心弦，觀眾反應熱烈。直至最後一幕，南海十三郎橫死街頭的光景，似一把利刃直刺我們的心。十三叔一生已夠坎坷的了，奈何還要他不得善終！觀眾尚且唏噓歎息，何況他的親人！我們事前毫無心理準備，一下子簡直沒法接納。

散場後杜國威請我們進後台與主角謝君豪見面。當晚影藝界不少紅人來捧場，星光熠熠。堂妹驪珠是我們同輩最年輕的一個，情緒十分激動，即時提出抗議。她對杜國威說，以戲劇而論，這是一部很好的話劇，既然以南海十三郎一生為題材，應該忠於事實，希望他能更改結局。宙弟簡直傷心欲絕，不能成聲。十七姑姐亦向杜國威作同樣要求，並請求將十三叔稱父親為「老豆」的對白，改稱「爸爸」。理由是：在江家，父親有至高無上的尊嚴，就算十三郎如何頑皮，豈敢斗膽罔稱父親為「老豆」。是晚江家子弟，各懷心事。我自知事由我起，實難向江家人交代，真悔不該有此一着！我相信宙弟和萬哥，亦有同感。

宙弟對十三叔愛敬有加。為口奔馳之餘，仍不嫌跋涉，常到大嶼山和青山探問。一九八四年外子休假到德國海德堡作研究，我在德接家書知十三叔在青山精神病院病逝，後事由十七姑姐和四位在港侄兒料理，依十三叔生前意願，成殮後火化，骨灰散入大海，絕非如《南海十三郎》一劇之倒斃街頭也。宙弟抑鬱多時，杜國威雖然一再向他解釋如此處理，完全是為了要搏取觀眾的同情，使南海十三郎的一生更感人，更戲劇化。但宙弟顯然不能釋懷。

場刊內杜國威提到《南海十三郎》劇中有一部分資料採自我的著作《蘭齋舊事》，很多人都向我查問，甚至有人願意為我把零散的文章結集出版。但家人都認為往者已矣，何必再自挖瘡疤？這麼多年，《南海十三郎》一劇，一演再演，南海十三郎成了香港家喻戶曉的傳奇人物。每次上演，自然有人在報上舊事重提，其中一些報道，與事實頗有出入。我雖仍抱憾在心，也覺得非挺身出來說幾句話不可，家人不諒，亦在所不計了。

從杜國威的舞台劇本全集《南海十三郎》內所登之劇評，以及在報上的文章或電台的廣播中，我發現了一些與事實不符之處。謹在此更正和回答關注我們一家的人的問題。

飾演江太史一角的丁家湘，在一九九三年八月十九日登於《經濟日報》，「南海十三郎——一個編劇寫另一個編劇的故事」一文說到，把南海十三郎本來死於精神病院這事實改為潦倒死於街頭這個戲劇性的改動，就一定要得到南海十三郎的親人的接受和體諒。這一點，我可以代表所有的江家人說：「我們仍然不能接受。」至於體諒，我們這一代，飽歷滄桑，在薄情的人海中載浮載沉，奮力在驚濤駭浪中掙扎。先祖父尚能洞透如水淡的世情，我們又何須執着，讓往事綑縛一生！這幾年來，十一祖母、畹貽姑姐、繩萬堂兄、守平堂姊、無恙堂兄（藝名江揚，製片人）、繩福堂弟相繼去世，倖存的也一把年紀，壓在我們肩上這副「江太史第」的封建重擔，也該放下了。看到我們下一代，人人學有所專，在不同的領域內各展所長，足堪告慰先人。更有人説我們大可訴之於法，那就非我江家子弟的興趣了。

身出書香世家，我們深明大體。從心底説句真話，我們十分感謝杜國威。我們三人，與杜國威不過一面之交，竟然肯自動供給資料，除了一個緣字，實在無以解釋。難得的是，杜國威一頭鑽進了十三叔的內心世界，把搜集得來的零碎資料，編出一齣如此感人的戲劇，把一個似瘋非瘋、語無倫次的街頭浪漢，昇華成一恃才傲物，荒誕任性，善惡分明，擇善固執，忠貞不二，不屈不撓而鬱鬱終生的人物。杜國威把早已為人淡忘的十三郎，活生生的帶進香港人的心中，喚起了共鳴。他刻劃出這個既可憐又可愛的才子，使人在這個以靈活善變見稱的香港，在「執生」（自尋生路）哲學之外，看到一絲「執着」的曙光。在哭笑交織之下，我們江家人怎能不把成見放下！

杜國威的成功又豈徒然哉！

載於一九九三年五月三日、四日的《經濟日報》上，作者勁葉的文章《南海十三郎其人其事》，說「十三郎十七歲考進中山大學法律系攻讀，每試必冠其曹。但他畢業後，卻未曾在法律界服務過。」此一說不確。十三郎從未讀過中山大學，只考入香港大學習醫。後因追求一位名叫亞莉的女子，放棄學業，跟蹤到上海。劇中Lily一角，純屬虛構。忠僕福來，亦無其人。

又有一說謂十三郎不是甚麼天才，所編曲本，全由他的十一姊畹徵捉刀。此說殊為無稽。我父親排行第九，是我畹徵姑姐同母兄長。她不錯詩詞翰墨俱佳，且醉心粵劇，是名伶薛覺先的戲迷。每有新戲上演，必偕同十二姑姐畹貽前往海珠戲院捧場，包下對號位第四行中央四個位子，例不缺席，直至收鑼為止，十三叔亦時有參加。我小時跟姑姐們看了不少大戲，只貪間場時有可口的零食。記得十一姑姐的房間置有留聲機，十三叔終日躲在那裡聽戲，耳濡目染，想興趣由是培養。姊弟二人互相研究戲曲則有之，若說捉刀。根本談不上了。十一姑姐在二十九歲時方嫁汪精衛之侄汪希文，一年餘後患淋巴癌，不治逝世。當時十三叔聲名日盛，我姑姐一死，豈非捉刀無人？可見傳言不足置信。汪希文戰時避難香港，曾代汪精衛游說先祖父回穗參加偽組織而遭嚴拒。先祖當時怒極，立即登報與其脱離翁婿關係。汪希文後來生活維艱，藉批命及賣文糊口，曾在《春秋》雜誌及其他雜誌發表很多文章，以他自己與江太史父女為題材，畹徵姑姐替十三郎捉刀一事，想係他的虛構。他還捏造不少事實，不外為自己臉上貼金而已。他晚年在沙田萬佛寺自盡身亡。

看戲的人疑問多多，電影《南海十三郎》在中文大學邵逸夫堂放映那晚，完場後有答問的時間。竟有學生問杜國威南海十三郎有否同性戀傾向。我敢代答，十三叔絕非同性戀者。他深愛亞莉，不惜為她犧牲學業。從事編劇後他曾與一女子同居多年，至香港淪陷後方分開，原因不明。

觀眾應以戲為戲，不必追究南海十三郎其人其事是真是假。雖然他是我叔叔，一個有血有肉的真漢子，他的一生固然錯綜複雜，但他是否一如劇中的惡作反叛，先祖父江太史又是否如此卡通搞笑，祖母們是否這麼胡鬧滑稽，都與事實無關，觀眾看到的只是編劇寫的戲。但江家子弟在戲中看到自己，不能抽離，難免觸景情生，百感交集！

我從事飲食寫作有年。《蘭齋舊事》以寫江家的食事為出發點，只因食事不能離家事而獨立，便牽涉到很多不應記取的興替往事。想不到這些飲食片段，竟成為一部戲劇的部分題材，復活了我十三叔江譽鏐的一生。

江獻珠

三幅劇照由香港話劇團提供

上圖：話劇《南海十三郎》第一幕中段
薛覺先（丁家湘飾）親訪太史第拜會十三郎（謝君豪飾）〔1993年首演〕
下圖：第一幕尾段
唐滌生（李偉英飾）初遇十三郎（謝君豪飾）〔1993年首演〕

話劇《南海十三郎》第二幕中段
唐滌生（潘燦良飾）重遇十三郎（謝君豪飾）
〔1995年重演／此場為重演版本新加〕

**註釋**

唐滌生，原名唐康年（一九一七至一九五九），是香港著名粵劇劇作家，有「鬼才」之稱。他把文學與電影藝術相糅合，為粵劇增添大量新元素。

他二十一歲流徙香港，加入名伶薛覺先（堂姊唐雪卿之夫）領導的「覺先聲劇團」，由抄曲做起，後轉為編劇，一九三八年寫成第一部粵劇作品《江城解語花》。

後得薛覺先及粵劇劇作家馮志芬的指導，加上自己苦心鑽研名家南海十三郎、馮志芬、謝漢扶等的作品，融會貫通，自創風格，成為一代宗師。話劇中指唐曾拜南海十三郎為師，難有實據可查。

# 我的十三叔

十三叔多采多難的一生，從何說起呢？真不知用甚麼話才可以表達我們心中的懷念和惋惜！

十三叔名江譽鏐（自稱江譽球），別字江楓，藝名南海十三郎，是三十年代名馳省港的年青編劇家，為紅伶薛覺先編寫《心聲淚影》一劇，因而名噪劇壇。代表作有《女兒香》、《梁紅玉》、《燕歸人未歸》、《梨香院》和《李香君》等多齣名劇。

十三叔比我年長十八歲，是我父親同父異母的弟弟。六祖母一生下他便因難產而死。他矮小清瘦，長相古怪，絕頂聰明，過目不忘，敏捷矯健，活潑好動。加以頑皮成性，搗蛋鬧事無日無之。家人憐他無生母，愛他黠慧，就算在家連連闖禍，亦不忍體罰。在學校是出名的佻皮星，詭計尤多，時常糾眾作弄老師，引以為樂。就讀於廣州河南南武中學時，曾自告奮勇去燒校長的蚊帳，差點釀成火災，遂被逐出校。

祖父為他先後延請中英家庭教師，卻無一能忍受他的搗亂，皆自動請辭。一次古文老師講課，他在書桌下拉其自製玩具，嗚嗚作響。一同上課的兄姊也無法禁止。老師一怒之下罰他背書，信手在桌上拿起一個釘字簿的錐，用力錐下書角，錐到哪裡便要他明天背到那裡。十三叔如獲大赦，一溜烟跑到花園去玩。還未下課，他施施然回來，照樣拉他的有聲玩具。老師要他背書，他居然一字不漏。祖母們都津津樂道這個故事。

祖父雖然精於詩詞，但棋藝平庸而偏不服輸。說明舉手不回卻是舉手必回。奉陪的伯父和哥哥們只好啞忍，噤若寒蟬，引下棋為苦事。十三叔則聲明在先，寧可讓祖父車馬砲，也絕不妥協。結果每次自然又是祖父輸了。

聽祖母們說，十三叔在香港大學習醫時，為了追求他傾心的亞莉，連學業也不顧，追到上海。適逢一二八事變，不能回港，致無法完成學業。後來祖父舉家從香港遷回廣州，十三叔也自上海悄然歸來。在當地的遭遇，諱莫如深，家人追問亦不得要領。

上海回來後，十三叔到廣州女子師範學校教數學。當時有四大數學天王，其中一位何宗頤先生，對十三叔稱道有加，認為他是罕有的數學天才。他還教英文、國文和歷史，皆游刃有餘。校中群雌粥粥，竟沒有欣賞他的異性。後來他編撰粵劇一舉成名，扶搖直上，家中也少見他面了。

到我稍懂事的時候，十三叔已在文壇和劇壇上大放異采，是個炙手可熱的人物。他很愛侄兒們，常常為我們說故事，講戲文，甚至手舞足蹈，雖未粉墨登場，但唱腔做工，儼然大老倌，我們就是他的觀眾。印象中，他是個非常和氣、幽默而有趣的好叔叔。他的故事令人噴飯，聽來真假難分。有時邀他多說一次，同一故事，表情和語氣時時不同，他亦樂意徇眾要求，

電影《新女兒香》戲橋。此乃南海十三郎所寫名劇之一，電影於一九五三年八月上映。

講完又講。我和哥哥最難忘的是他的蹩腳英文老師的故事。

那時的英文老師，教學法很土，發音奇劣，每讀一英字，便用中文即解一字，完全直譯，不管文法。十三叔有個我們百聽不厭的首本故事。他讀過潔芳女子中學附屬小學，聞說一位高班的中學女生在英文課本上注滿了中文字音，事屬隱秘，絕對不讓同學偷看。這事被十三叔知道了，趁她如廁時溜進她的課室偷看，發現她的傑作是：superintendent，注音「掃把連天陣」；apostrophe，注音「亞婆是肚肥」。經他張揚，成了大笑話。他的英文老師解書又是一絕；「you你 see見 the那 tiger老虎 in在 forest森林」英中合璧，一氣呵成的教法，顯屬荒謬。但十三叔打趣地說，如果你想像連天的掃把陣和腹大便便的亞婆，字雖長，包管你不會忘記。又如果你讀一字解一字，那就不必為英文語法而發愁了。

還有那個口吃呆子坐升降機的故事。呆子一踏進升降機，便十萬火急指手劃腳嚷「上，上，上，」升降機一直上到頂樓，他纔溜出「二樓」兩個字。故事很簡單，但十三叔的怪模樣，令人發噱。還有那客家戲子在車站失行李，操客家官話，大唱其「我的行李，放在路旁，忽然不見了，是何緣故也耶」的故事，本來沒有甚麼可笑的，但十三叔那副腔調，引得我們忍俊不禁。一想起十三叔，我們不期然想到這些故事。

一九三八年日軍大舉轟炸廣州，我們避難香港。十三叔此時在香港電影界編、導並兼，看似光景不錯，但行蹤無定，家人給他一個渾號，稱他是「無尾飛鉈」。他為人豪爽，見人有急需，即使是泛泛之交，亦慨然解囊相助。至袋中金盡，就是他回家之時。故又名「江日清」。

那時我家稅居羅便臣道妙高台一號，一家廿多人擠在一層樓，只有床而無其他傢具。除祖父有書桌外，我們要伏在一張茶几上做功課，而且還得輪流使用。十三叔一回家，即行霸佔茶几，日以繼夜，甚至通宵達旦編寫電影劇本，不一兩天，便聽説他已竣工，交卷去也。他所以回家，純因囊空如洗，交不出酒店房租，非找個地方加緊開工不可。有時見他撰曲，右手執筆，左手拍板，口中哼哼唱唱，既不用字典，亦無參考書，一切盡在腦海中。

居香港數年，他把乳娘四婆從廣州接到香港。那時他有個小家庭，與一女人同居。這位神秘女人，外人除了四婆，沒有人見過她一面。後來四婆病逝，香港淪陷，十三叔和他的女人不知所終。江家也遭遇到前所未有的困難，子孫各尋生路。香港廣州甫通航，我們立即返穗。我兄繩祖先入內地，繼續在重慶交通大學肄業。不久，我媽媽也帶着我到（廣東韶關）曲江，執教於廣州大學，我們纔知十三叔在粵北軍政界頗為活躍，當上了省參議。他脾氣古怪，鮮能和人，結果被迫離開政壇，改與關德興同組救亡粵劇團，四處勞軍，成績斐然。這是他的光榮日子，同讎敵愾熱血滿腔的情緒，一直影響他日後的心態。

光復後他回到香港再作馮婦。可惜所編劇本仍然不離捐軀殺敵，衛國保家，在昇平之世大談戰爭，殊不合時宜。他不為人用，到處碰釘。八姊梅綺有心扶他一把，但十三叔抱着「士可死，志不可屈」的態度，不肯遷就。認為戲劇不單娛人，亦應言教，他又批評當時流行之媚俗電影有傷風化，敗壞人心。因此得罪了不少人，以致無法在香港立足，生活潦倒，空懷報國之心，而請纓無路。失意之餘，只好回家。乘九廣鐵路火車經過石灘橋時，他忽然從車廂墮下沙灘，大腦受震盪，精神失常。留醫

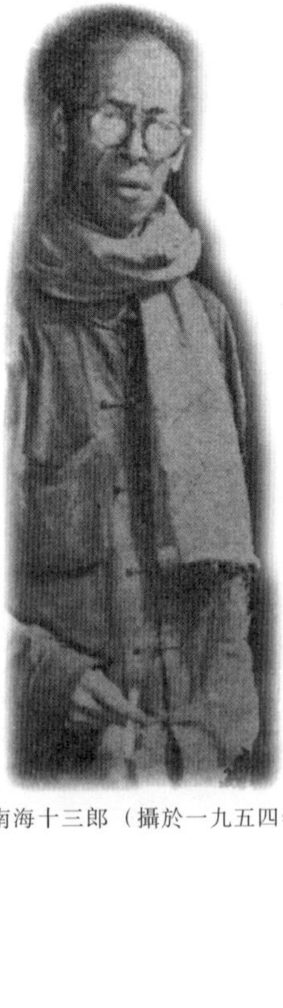

南海十三郎（攝於一九五四年）

廣州河南萬國紅十字會醫院數月，情況稍為好轉後便回家休養。

自此十三叔的精神時好時壞，語無倫次，時常避不見人。我當時在石牌中山大學寄宿，周末方回家。有次他一見到我便飛奔上神樓，蹲在那裡不言不食數天，到我返校後方肯下樓進食。原來他說：「因為獻珠者，欠住也。欠住者，沒得住也，不躲更待何時！」可見十三叔安全感盡失，連親侄女的名字，對他的生存也會構成莫大的威脅。他精神稍為好轉又靜極思動，編起劇來。我祖母布白的妹妹布蘭若，那時是十三叔最信賴的人，他寫了劇本一定要給我布姨婆過目。但往往劇中人物過多，無法交代。姨婆笑道：「十三，你不如多死幾個角色，便有得收科了！」其實他的思路尚未回復條理，而他偏要逞強，以為自己還是那個倚馬可待，一夜成名的才子南海十三郎。

大陸易手後十三叔在香港出現，已是五零年代初期了。這時的十三叔，躑躅街頭，衣食無着，飄泊流浪；但天生傲骨，從不肯接受子侄們分文，蓋他知我們生活困苦，不想負累我們。當時我在堅道崇基學院當一名小職員，晚間還奔走於大富之家當家庭教師。每天下班後飛步下百步梯，走到中環碼頭渡海。往往在大道中與大道西之間遇上十三叔。不論陰晴冷暖，他都披着那件破爛不堪的厚呢大衣，腋下挾着一大疊舊報紙，渾身臭氣，中人欲嘔。我一定上前和他談話，絕不因他污穢而走避。每次他都有很多說話，起初會問問家人近況，但越說越亂，結果總是大評時局，喋喋不休。說他瘋嗎？他記得每個子侄的名字，不會弄錯我們的父母；說他正常嗎？他的話裡玄機，誰也參它不透。十三叔這

南海十三郎（攝於一九五五年）

樣今天「行陸羽」，明天「行蓮香」，一行便數年。崇基書院一九五五年遷入沙田馬料水，我便無緣再遇十三叔了。

當時幾張大報都詳細報道十三叔的行蹤。編撰《香港文學大事年表》的盧瑋鑾（小思）教授所搜集的資料中，有載「在五五年八月舉行的伶星籌款遊藝大會，經議決特別撥款一千元送給十三郎作醫藥費用，把他送入醫院醫治。並邀請導演陳皮作專訪，徵求他本人意見，但四處尋覓不果（註1）。」這段消息引起了記者們的注意，大家都爭相寫特稿，《文匯報》說他雖然瘋瘋癲癲，胡言亂語，仍有深厚的人情。伊秋水、上海妹出殯的時候，他還去送殯（註2）。不過說到他的出身，大多穿鑿附會，與事實頗有距離。

在他流浪之時，十三叔的港大同學廖恩德醫生，曾安排他入住法國醫院，由他醫治並負擔一切費用。十三叔一住便是兩年多，情況大有進步。但長病難顧，他心中不安，不想長期拖累廖醫生，便自動離開法國醫院了。

離開法國醫院，十三叔又回復流浪的生涯，日中常出現在灣仔與中環一帶。晚上棲身何處，家人全不知情。後來讀了蓬草在一九九七年五月九日登在《星島日報》的「南海十三郎」一文，細說她父親當年與十三叔的一段交情，文中描述她小時見到她父親招待十三叔在他店內食飯，十三叔恐怕同桌的店員會嫌棄他，提筷挾菜時，便把筷頭倒轉的事，把他既倔強而又自重的性格表露無遺。我又讀到小思在一九九七年五月廿八日登在《星島日報》寫「南海十三郎」的文章，回憶她童年時住在灣仔，常見到十三叔在她家附近踱來踱去和晚上露宿的情景，我纔知道這麼多年，他一直在軒尼詩道一六八至一七〇號的一間舊樓的牆腳，席地而臥（見後蓬草撰「南海十三郎」一文），解開了我們一家的疑團。

當時很多梨園子弟十分關心十三叔的健康，亟想幫助他。有一個時期薛覺先着陳錦棠接他回「覺廬」，夫人唐雪卿關懷備至，特在車房為他闢室。

但十三叔不甘寄人籬下，工人稍有微詞，即不辭而別。結果他還是選了以天為被，以地為床的餐風露宿生活。每晚他睡在哪裡，沒有人知道。沒錢吃飯，怎樣渡日，也是個謎。我們做子侄的，自顧不暇，愛莫能助。後來十三叔被安排在江氏宗親會掛單，時常出入八和會館，這時的十三叔，自卑已達極點，神志混沌。失鞋報警之事，可能在江氏宗親會或在八和會館發生，警察於是送他入西營盤東邊街精神病院，聽繩萬哥說當時他也在場。

一九五九年十一月傳出十三叔神智已恢復正常，可以離開精神病院了

陳錦棠伉儷攝於探訪南海十三郎之後

（註3）。消息一出，記者又大做文章。陳錦棠夫婦、八姊梅綺、十六姑丈郭文泰，聯同探訪十三叔，希望能在日內接他出來，但醫生認為仍需觀望一個時期。後來到了一九六零年一月方獲批准出院。

這次是由文泰姑丈接他到羅便臣道妙高台居住。此時正當唐滌生去世不久，粵劇界編劇人材缺乏，大家對十三叔的期望正殷。如果他能復出編寫劇本，一定大受歡迎。姑丈亦步亦趨，陪同十三叔出面與人磋商編寫《白蛇傳》事宜，又一同到高陞戲院觀賞由林家聲主演的粵劇《花染狀元紅》。據說十三叔看來精神不錯，衣着整齊，與以前遊蕩時之鶉衣百結，蓬首垢面，判若兩人（註4）。

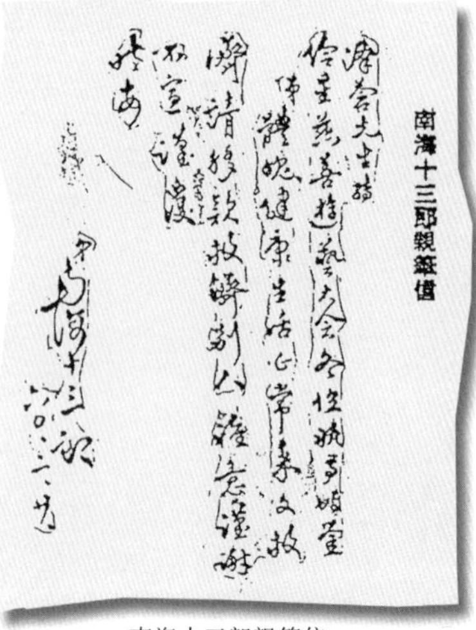
南海十三郎親筆信

南海十三郎親筆信

當他聽到傳言他曾領取八和會館之殘廢救濟金，大傷他的自尊心，於是舊事重提，去信伶星遊藝大會的主事人致謝，並謂「自己身體健康，生活正常，來文救濟，請移款救濟別人。雅意感謝不宣（註5）。」可見十三叔胸懷磊落，不貪財，不乞憐，更不屑為五斗米折腰。

他的精神狀態，一直存在問題，本應不問世事，靜養修心，方有復原的希望。他得病純因失意落泊，懷才不遇，如今見有機會，自然抓緊不放。但久病的身心何堪四方八面衝向他的無邊壓力！十三叔在高度曝光下，加上一些傳媒捕風捉影，說他將為某班某老倌編劇，他實在疲於應付。當他聽到一位家人竟然對他說：「太史第早已不存，人們不會

郭文泰與南海十三郎於高陞戲院觀賞粵劇

上門來請了，如要寫劇本，還是去找那些大老倌吧！」試想，一個自視不凡，涯岸自高的才子，怎肯屈膝就人。這句話傷透了他的心。

在一次與白雪仙在淺水灣的茶敘上，他談到梅蘭芳入住太史第；薛覺先登門拜訪；白雪仙的父親白駒榮曾演他編的戲等舊事，歷歷如數家珍，一點不見紊亂。他還大抒己見，説他看到在《紫釵記》中，介口已有改變，接近口語化；佈景也採用話劇方法。問他粵劇是否應向話劇學習，他認為粵劇注重唱工與舞蹈，話劇注

白雪仙與南海十三郎茶敘於淺水灣

重台詞與演技，如果強要粵劇話劇化，那是不大合宜的。他又提到「仙鳳鳴」的新戲《白蛇傳》，他說當年在抗戰時，唐滌生提過和他合作寫這套劇給薛覺先主演。但他認為要薛覺先唱子喉，聲線可能不佳，所以沒有成事。因為茶敘時有記者在場，便傳出他會編寫《白蛇傳》（註6）。

在休養中，他時有寫稿作詩。下面是登載在一九六零年三月廿八日的《華僑日報》的原文：

守拙齋主書畫欣賞會開幕夕步原韵和吳啓鍾兄並答金翁

（一）好景龜年惜落英，聽歌新譜早忘兵；
排雲獨手前賢志，砥礪河山孰有成。

（二）春秋鐵筆感蒼茫，文采風流詠大江；
策杖難尋千里驥，幾曾工部抱才降。

南海十三郎漫步海灘
（攝於青山道十九咪）

他念念不忘振軍心提士氣的救亡重責，又認己文采不凡，以杜工部、蘇東坡自命，可見其懷抱之高遠。

二月與任劍輝、白雪仙見面時，十三叔還是好端端的。此後舊病時發，我三伯娘（繩宙弟之母）乃把他從十六姑丈處接到羅便臣道威勝大廈同住，他纔一過家庭溫暖的安定生活。那時驪珠妹在新亞書院藝術系攻讀，十三叔常為她作的國畫題款。我相信驪珠妹一定十分珍惜這段日子。她婚後移民美國，妹

南海十三郎與李少芸攝於沙田酒店

夫張鎮東時任美國外交部副領事，驪珠妹則任職於美國國務院，夫婦兩人常被派到世界各地服務，必隨身攜帶十三叔所題字的書畫，珍而寶之。

可惜十三叔壯志未酬，不能安於恬淡，重出劇壇之志未竟，精神大受刺激，不時胡言亂語，不肯洗澡，只飲水作數，說身潔而心不潔，又有何用！六月時有報道謂十三叔舊病復發，回復街頭流浪，與前無異，且在陸羽茶室與人爭執，傷了腳部，八姊送他進西營盤精神病院，負責所有費用（註7）。

療養了數月，八姊梅綺接十三叔回家。她蒙 神呼召，洗盡鉛華，捨棄世俗虛名，為 神作工，把

南海十三郎一九六一年春天恢復康健後所攝

梭椏道的房子改為家庭聚會之所，講道祈禱。受了八姊的感動，十三叔開始與她同工，每逢星期四、六兩晚作見證，並將自己的見證印成單張，街頭四處派發，吸引了很多人去聚會，且領了不少人歸主（註8）。很不幸，撒旦藉名利的誘惑，不斷試探十三叔，使他無法再過這種屬靈的平安生活。到一九六一年十一月，十三叔精神病復發，在梭椏道口窩打老道一家書店內咆哮大叫，再被送進精神病院（註9）。

及至六二年四月，報載十三叔已完成電影劇本《心聲淚影》。他告記者是劇的寫作始末。原來在這一段時間，他住在一家學校的課室，一清早便返精神病院。院方特為他準備一張桌子，寫累了，休息一會，有時小睡片刻。他得到很周到的照顧，每日五餐，晚飯後回學校睡覺。問及劇情，說是關於清末時一對革命青年的悲壯故事，女主角是他以前三個戀人的縮影。

戲中有戲，採粵劇《心聲淚影》第五場呂秋痕在園中吹簫寄情秦慕玉一段。戲中的曲詞，綺麗柔美：

「秋痕：平生不曾相思，才會相思，便害相思。身似浮萍心如飛絮，個郎不見，暮思朝思。流水無情落花無意，漫天飛雲誰憐飄泊娥眉。」接着，「秋痕：良辰美景奈何天，賞心樂事誰家院，晚春天，月如弦，柳暗花暝恨如烟。」

「慕玉：黃昏後，獨無聊，忽聽簫聲吹透。攬春思，撩晚景，觸起無限閒愁，步中庭，過別院，晚風拂拂，眉月娟娟，遙望一帶粉牆翠柳。是誰家拈玉管，原來紅袖倚瓊樓。香霧鎖，碧烟籠，認芳容比黃花瘦。有珠簾，惟半捲，掛住小小銀鉤。正低徊一陣風驚竹，疑是故人相候。」

南海十三郎（左三）與鳳求凰台柱及職員合照

從上面的曲詞，絕對看不出十三叔當時精神有錯亂。他所寫的《粵劇仍有前途》一文，語重深長，提供不少寶貴意見。他還被選為精神病康復者組織的「新生互助會」的第一任主席（註10）。大家都以為十三叔真的完全康復了，他又負責參訂「鳳求凰」劇團上演之《嫦娥奔月》（註11），並擔任「綠邨廣播電台」駐港分台錄音室顧問（註12），但這些衙頭都不能解決生活，文藝電影走下坡，他的劇本沒有出路。從四月到九月，不過半年，在重重壓力之下，十三叔舊病再發，比前猶甚，十五日晨在窩打老道亞洲書局內大失常態，語無倫次，中英夾雜。八姊接他回家。到下午便送他入青山精神病院（註13）。

十三叔在青山一住數年，醫院認為他應該出院了。茫茫人海，以天地之大，竟無棲身之所！大埔佛教大光學校之慈祥法師，係我家遠親，她認識寶蓮寺之釋智慧師傅，由她向住持筏可法師引介。法師憐他無依，留他在寺內，並給予知客一職，專責接待外賓，導遊寺內名勝。隱居大嶼山之時，十三叔偶會出香港探望親友，見到我十一祖母便把錢塞給她，但祖母堅不收受。大概寶蓮寺的旅客時常賞他小費。

南海十三郎親筆便箋

寶蓮寺雖是佛門清淨之地，記者仍不停到訪。又有戲行中人多次要求他復出編劇，十三叔怎能休息！一九七五年一位記者到寶蓮寺請他寫自傳。他以「壯懷如我更何人」為題，寫自己的生平。小引的詩寫盡他的心態，「歸來百戰厭囂塵，一路歸程贖一身。隻手耕耘天欲雪，壯懷如我更何人！」起初還是有條有理的，但一觸及戲劇，寫到「戲劇化的人生！戲劇是瞭解人生，再把人生啓示出一條正確的途徑。現在戲劇界並不能把中國的前途啓示出來，真是一個最大的遺憾」時，便立即轉到戰爭和政治，如長江大河，一發不可收拾，費解之至（註14）。他因何離開寶蓮寺，原因至今不明。有謂他曾在元朗某中學教書，或有可能。甚麼時候再入青山，未見有報道。從此他留在青山直至一九八四年秋，在醫院病逝，時年七十五歲。

這就是我知道的十三叔。他一生絕頂聰明，反被聰明所誤，成功得太早，未免躊躇滿志，自負自大。在最困苦無告之時仍然堅持原則，不作任何妥協，寧可浪迹街頭，找尋自己的自由天地。他本來有幾次康復的機會，都因心萌復出之志，急於重建往日英名，致不能應付壓力而損毀健康。若他果能（如見證所說）深深認識世情虛空，神愛真實，痛悔認罪祈禱（見附錄），則不致認罪而不回轉，一再迷失在俗世之中，被虛名捆縛，埋沒一生。又若當時之社會福利，一如今日之完善，則他每次離開精神病院，有中途康復中心可投，十三叔又何至半生流浪！每思及此，百感叢生，不能自已。

當十三叔極端無助之時，我們不知道怎樣幫忙。五零年代初謀生不易，自己年輕，立足未穩，雖然充滿同情心和憐惜，但恐怕一舉手，一投足也會傷他的自尊，以為我看他不起。幾次給他一點小錢，都不肯受，而且令他生氣。

南海十三郎與粵劇名花旦鳳凰女任冰兒合照

一次我在威靈頓街的新世界餐室和朋友共飯，十三叔行進來，我請他坐下，他真的坐下，議論滔滔，問他要吃些甚麼，他立刻站起來，瞪我一眼，昂首揚長而去。現在回想起來，既心酸，亦慚愧！

想不到在他去世十多年後，由我來寫一本關於他的書。付梓前再細讀一遍，問問自己，我能為他做些甚麼？十三叔一生以提倡粵劇為己任，矢志不移，對粵劇的前途充滿信心。可惜今日粵劇式微，肯下功夫去研究的人寥寥無幾。獲悉中文大學有一「粵劇研究計劃」，亟需支持，即進行設立「南海十三郎紀念獎學金」基金，鼓勵音樂系的同學從事粵劇研究。本書所得版稅，全部撥入基金內，歡迎各界支持。

## 註釋

以下為自一九五五年起至一九七五年間，登於各大報章有關南海十三郎之消息來源：

1 《文匯報》 一九五五年三月九日
2 《文匯報》 一九五五年三月十四日
3 《文匯報》 一九五九年十一月十二日
一九五九年十一月廿六日
4 《華僑日報》 一九六〇年二月十九日
5 《文匯報》 一九六〇年二月二十八日
6 《華僑日報》 一九六〇年二月二十八日
7 《新晚報》 一九六〇年六月十九日
8 《華僑日報》 一九六一年一月廿三日
9 《華僑日報》 一九六一年十一月十八日
10 《大公報》 一九六二年三月廿八日
11 《華僑日報》 一九六二年九月四日
12 《華僑日報》 一九六二年十月十六日
13 《華僑日報》 一九六一年十一月十八日
14 此為堂兄繩萬所存之剪報，報章名稱及日期並無記載，以《壯懷如我更何人》為題，文內有提蔣介石剛去世，故測其文成於一九七五年，當十三郎居大嶼山時，應記者要求而作。

# 南海十三郎作品

## 《心聲淚影》之「寒江釣雪」

南海十三郎作曲，薛覺先主唱

（揚州二流）傷心淚、灑不了前塵影事。心頭滋味、惟有自己知。一彎新月，未許人有團圓意。音沉信渺、迷亂情絲。踏遍天涯、不移此志。痴心一片、付與伊。今夜飛雪盈天、好景等閒棄，都為相思債、了不知期。憶往事、細思尋、絮果蘭因、蒙那秋痕不棄。（轉二王慢板下句）相思遍、憔悴容光、消磨壯志都為久不、遭時。離情緒、愁萬縷、折柳長亭只望春風、得意。不牽情、能幾個、一個沉腰瘦

損，一個淚浸、胭脂。嗟身世、嘆飄零、旅病窮愁相思、垂淚。美人恩、不消受、情絲折斷因為有約、不移。怨只怨金殿前、聖眷方隆換得娥眉、

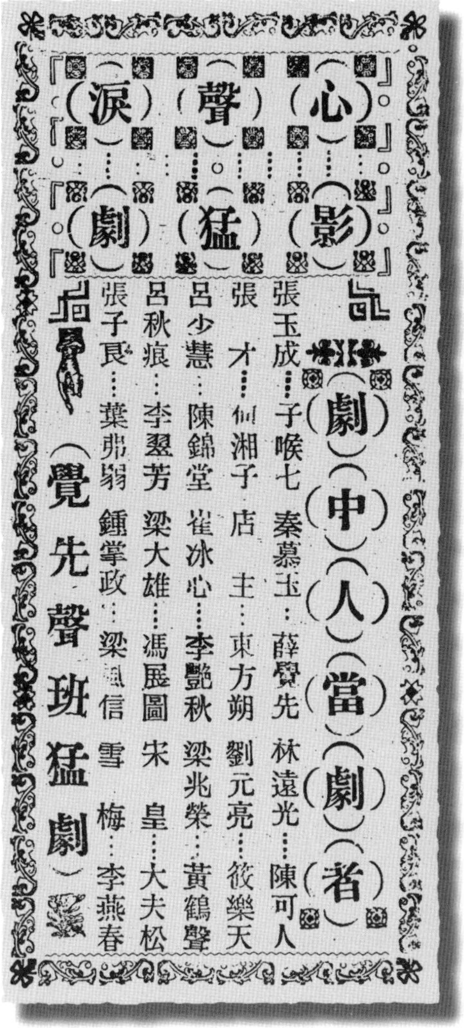

一死。義比天高、恩同再造、胭脂血染魂斷、情痴。更可恨、天不憐人、流水有情是否落花、無意。意難傳、恨怎寄、伊人不見使我暮想、朝思。江邊柳、尚依稀、飛絮梢頭好似掛住離人、珠淚。只奈何、人去後、封侯夫婿今日有恨、不知。孤舟裡、自傷離、雪影迷迷照住愁人、失意。應是良辰好景、空對奈何天。縱有萬種風流、誰人能瞭解我心事。舊歡重訴夢中時。萬恨千愁、題不盡鴛鴦二字。青衫淚濕也為燕侶分飛。人面不知何處去、綠波依舊向東流。

## 粵劇仍有前途

此文為十三郎在一九六二年復出後所寫短文之一，為《新晚報》轉載於四月十五日「十三郎談粵劇前景」一文內所提四點意見：

一、不要離棄歷史精華，反古趨今，卻把歷史適應現實社會需要的寫出來。

二、形式統一，粵劇固有的舞蹈形式應要保存，可參加改良民族舞蹈，卻不可加插西洋舞蹈，弄成不中不西。

三、詞曲雅潔，對詞曲的選用，不可過於俚俗，即是詼諧歌曲，亦須莊諧兼備，有意義的幽默諷刺，始合觀眾胃口，無理取鬧的曲詞是不受觀眾歡迎的。

四、劇情合理，許多人認為粵劇橋段不妨傳奇性一點，卻不知傳奇事實許多不合理，只重曲折奇巧，失卻真實性。歷史反映現實，毋需故弄玄虛，令觀眾失望。

# 「十字架的救恩」——南海十三郎在教會的見證

祂赦免你的一切罪孽，醫治你的一切疾病，祂救贖你的命脫離死亡。

（詩篇一零三篇；三至四節）

本人於四十年前曾在教會學校讀書，受洗歸入良牧救主耶穌羊圈，但由於三十年來從事編寫戲劇工作，深入各階層社會探取經驗，以致經常活在罪中，生活糜爛腐敗不堪。又因生長在俗稱書香世代官宦名門之大家庭中，家父有才勢學問，為百粵名紳江霞公太史，談笑有鴻儒，往來無白丁。家設名廚，天天宴客，耳濡目染，徒然增長我戀慕世俗虛浮榮耀，一心追求屬世學問知識，自高自大滿心驕傲，離棄真神，輕視寶貴靈魂，甘心順從魔鬼，正如羊之走迷，偏行己路。惟是「多有智慧就多有煩憂，加增知識就加增憂傷。」（傳道書一章十八節）屬世智慧知識越是加多，越是增添我對現實不滿。雖然表面上，在戲劇文化界似乎有點聲譽，但實際處此黑暗社會，終日被罪惡侵蝕，多少年來，精神不斷受到各方面打擊，心靈創傷以至失去安息。加以年前，由香港回廣州旅途中，因事被擠下車，從三丈多高鐵橋直跌下橋底，傷了脊骨，精神受了劇烈震動，以至患上精神分裂症。十多年來，思想行為都紊亂了，墮入迷惘中，如羊在迷途，救主良牧之聲音都聽不清楚了。自此以後失去知覺，終日流浪街頭，親朋一個都不認得，露宿餐風，衣衫襤褸，成為一個港九人士盡知的癲狂漢子了。至於親戚朋友，愛莫能助，雖經被送入精神病醫院檢驗，但結果屢次都逃避出來，又復流浪如故。

感謝慈仁救主耶穌，一九五八年感召舍侄女江端儀，重生得救後，兩年來不斷為我祈禱。這位又真又活的神答應禱告，前年（一九五九年五月）感動眾人送我到精神病醫院，正式接受治療，迅速得到痊癒。舍侄女來為我禱告，如夢初醒，頓悟昔日遠離大牧，以至受主鞭打，當時流淚感恩，遂隨同舍侄女返家，獻身心全歸主用。

誰想，病久新癒，又被世情累纏，魔鬼又藉着名利誘惑我心，使我再度離開神家，隨從親友復出編寫劇本，不再讀經祈禱，沉迷於美酒，香烟，煩囂的宴樂中，把神十字架的救贖奇恩，忘記得一乾二淨。我雖悖逆，神仍不棄，暗中讓我犯任意妄為之罪。因主所愛的，祂必須管教。結果去年夏天，病又復發，這回瘋顛得更變本加厲，狂風暴雨中都在街頭躑躅，整日睡臥在馬路之中。親友們爭相規避，再無人關顧此傻漢瘋子，任我自生自滅。惟獨良朋大牧救主耶穌，仍伸出慈愛之杖，尋覓此可憐小羊，再度感動舍侄女又送我到精神病醫院，藉醫者悉心調理，主內兄姊多方代禱，蒙神首次恩祐醫治。數月後一切歸於正常，記憶力比前次更清醒，於是離開醫院隨舍侄女重返神家，深深認識世情虛空，神愛真實，痛悔認罪祈禱。救主十架寶血，塗抹我一切罪衍，並賜以新生命，充滿平安喜樂，深信救主能保守我身體靈魂。虔誠奉獻此卑微身心，復活生命，求尊貴之主使用。感謝主不棄，為我開見證之門，與舍侄女同工待奉主。多次站在大眾前，高舉救主十架，寫下見證印成單張，介紹救主，向人分發，願將一切尊貴榮耀頌讚，歸與三一真神，阿門！

蒙恩人江譽鏐（南海十三郎）

見證附南海十三郎所作詩一首：

囂俗塵寰數十年　繁華過眼等雲烟
文章富貴俱煩惱　虛渺人間浪結緣
宦海尊榮如一夢　於今豪氣已非存
真神救主療吾體　醒覺靈光屬聖天

（載於一九六一年一月二日《華僑日報》）

一位詩友金翁在一九六一年三月二十日在《華僑日報》之「梨園樂府」內「和南海十三郎原韻並序」

南海十三郎江譽鏐，少酖樂府，劇作有聲，狂歌市中，十年一覺。

去夏：相與長談三日，甚歡焉。再約皇宮酒樓一醉，彼家已報不知所去矣。

茲讀其信道之言，文表教坊離唱，詩表白雲之詞，江郎未盡之才，感極而興者也。黯黯春宵，挑燈和其律句，喜得故人無恙，並告世有知音者云爾。

曲譜新詞尚少年，教坊歌舞事如烟。
碎琴自覺知音小，抱道歸真負眾緣。
心力盡時春夢了，才高異俗世難存。
風流銷歇詩人老，遙望梨園別有天。

# 側寫十三郎

## 蓬草寫南海十三郎

（轉載自一九九七年五月九日香港《星島日報》）

對於南海十三郎的記憶，是從灣仔軒尼詩道的一段街道開始的。那時候，我的家就在軒尼詩道上，那時候的軒尼詩道當然不是今天的那麼樣。回憶中，全是四層高的舊式樓宇，地下是店鋪，有賣水果的，有賣米和柴炭的，也有賣粥粉飯麵的。父親的店子則一分為二，一半是父親的藥店名叫「福安堂」，另外的一半是雜貨店，店名是「張三記」——店主便叫張三記。童年的我偶然聽到一些張三記如何強迫父親把半間鋪子「租」給他的故事，在心中決定了他不是好人，我走過他的面前，總佯作看不到他，不願和他說話。

街道是我童年重要的一部分。我想在這一方面，那時代的孩子比現在的可能快樂得多。我的街道是寬闊的，可供玩耍，行人和車輛均不會太多，沒有甚麼空氣污染或聲響污染的問題。孩子們在街上玩，吃飯時候到了，便有母親或大哥大姊從屋內跑出，叫喚小孩的名字，「吃飯啦！」孩子們拖着木屐，「拍拍拍」的回家吃飯去了。也有孩子拿着一個飯碗一雙筷子，跑出來，蹲在路邊吃的，惹得大人們非常的惱怒，「做叫化嗎？是不是？」

南海十三郎便施施然的從街道的一方走過來了，背上馱着他的蓆子和包袱，鼻梁上架着一副眼鏡。不認識他的人把他看作一個普通的乞丐，也有人認為他是神經失常、斯文的、不會動武的一個瘋子；但也有人如我的父親，知道他的身份和來歷，父親便叫他的名字：南海十三郎。怎麼是這樣奇怪的一個名字呢？童年的我感到很納悶，卻沒想過向父親追問，可能因為預知答案：「小孩子管得了大人的事嗎？」我的父親一定會這樣說的。

父親待南海十三郎，是抱着一種寬容的、憐惜的態度。他知道和對方不可能有正常的溝通，便滿足於聆聽對方在神智較清醒時的「談文論藝」，我的父親是一個琴棋書畫均會一點的中醫師。醫局的門大開，誰也可以走進來，南海十三郎偶然便搖搖擺擺的走進，每次均看準父親不是在診治病人，有空聽他高談闊論。他坐在父親的對面，他們「談」些甚麼呢？有一回我看到父親把一柄白扇子打開，南海十三郎提了筆，塗了墨，在扇面上灑灑的寫了字，好像還繪畫了一些花鳥。我看他們二人，像俠義歷史小說中的某些人物，是真，但又不像真的。

中藥店內，有「頭櫃」，有「二櫃」，他們管理藥店的生意，還有一個「伙頭」，是做雜務和烹煮。吃飯的時候，伙頭在店子的後進處張開大木桌。父親的兩餐飯，是永遠在藥店和工作人員一起吃的，他們吃得很好，常教我們這些孩子看了流口涎，我們的飯菜可沒那麼豐盛呢。父親就是這樣的了，待朋友待職員下屬比待家人好得多，母親便常指摘他「剋扣」家用錢。話說某天父親正和店員吃飯，南海十三郎走進來了，父親竟然邀請他在坐在身旁，毫不在乎席上的人有怎樣的反應。南海十三郎接過父親遞給他的碗和筷，像知道可能有誰會嫌棄他，提筷挾菜時，他便把筷頭倒轉。我清楚地記得他這一個動作，我站在一旁看，心想：「父親和乞丐同桌吃飯了！？」

南海十三郎在軒尼詩道上的流浪，及和我的父親的一段「交往」，到底持續了多久？我是說不準的，後來他「失蹤」了，長街上不見他的瘦削的身影。謠言四起：有說他進了精神病院，有說他給家人找着，回家去了；有說他不藥而癒，正正常常的工作和生活呢。沒有誰想到要找尋他的下落，父親對於他的失蹤，正如當時對於他的出現一樣，是接受得十分泰然的。他當然想到，如果南海十三郎已是一個正常人，便不可能記得「不正常」的那些日子。至於仍是一個孩子的我，如此深刻地記得南海十三郎這一個人物，主要是因為父親對他的憐才的態度。歲月飛逝，曲終人渺，童年的街道沒留下一絲昔日的痕迹，樓宇已全部拆毀、改建，不容人去求證回憶中的人和事，家父早已去世，南海十三郎則成了傳奇。今天的藝員在舞台上和電影銀幕上代他述說平生，我沒機會看到今人的演繹，但我會想起南海十三郎把筷頭倒轉時的一臉「有自知之明」的清醒。

## 小思寫南海十三郎

（轉載於一九九七年五月廿八日《星島日報》）

誰說到他，誰也沒有提及他那種叫喊聲。「噢～～～▲▲▲～～～○○○～～～……」

我也沒辦法用文字記錄下來，除了頭一個噢音，其他一串音，高亢卻含糊不清。含糊的只是我們不懂他說甚麼，他倒一點不含糊，永遠不變樣的叫喊，節奏長短，每叫一次，都一個樣。

下午或黃昏，通常是他起來活動的時候。長街上，他腋下挾着一大疊舊報紙，施施然，從這邊走到那邊，不徐不疾，「噢~~~▲▲▲~~~〇〇〇~~~……」

軒尼詩道上的老街坊，五十年代住在柯布連道與菲林明道之間的軒尼詩道上的老街坊，一定記得下午或黃昏，他那高亢的叫聲。那是一個很沉寂的大街時代，店舖沉沉靜靜開着門，做的是來來去去都熟悉的街坊生意。而軒尼詩道一六八號至一七〇號的地下，沒開店，是住宅，除卻大門，就是密封的牆壁，他就睡在那堵牆腳邊。高昂定調的叫喊，無論炎夏或寒冬，都為大街平添蒼涼。

他不是頭髮蓬鬆，頭髮脫得只剩後腦殼部分散碎垂條，這樣顯得一個非常突顯的前額，在偶帶污痕的瘦臉上，前額就顯然高得誇張，誇張得到今天，我仍記起，如同記起他的叫喊聲一樣清晰。

小孩子雖然聽過大人説他是個才子，是個太史公的兒子，但沒記掛在心上，反正，才子太史公都是陌生詞語。在街上，碰到他慢慢迎面走過來，也不怕。高白的前額，昂然地打從我身邊經過。

記憶中，街坊對他很寬容，從不會叫他癲佬，路過梁秋祺生果店，會看見他正在吃橙，太平館門前，他在吃西餅。

「噢~~~▲▲▲~~~〇〇〇~~~……」誰能理解那串聲音背含的故事？老街坊早老去了，小孩子也老了，只是在聲光影像中，看到他的傳奇，才記起那叫喊聲。

# 鳴謝

首先要感謝中文大學中文系盧瑋鑾教授借出有關「南海十三郎」的珍貴剪報資料，填補了自一九五五年至一九六二年間，江家人無法追查的事實。剪報插圖之照片，蒙香港大學圖書館提供。

更要感謝中文大學各單位的協助：文物館提供江霞公太史遺墨照片；音樂系「粵劇研究計劃」借出南海十三郎之《心聲淚影》劇本原著；聯合書院微型電算室整理電腦資料。

還有，感謝忘年交朱楚真多方奔走及連絡。也多謝外子天機的忍耐和幫忙。

「萬里機構」多位先生的鼓勵和鼎力支持，使這本書能一版再版，謹在此一併致謝！